米菲的

情感剧本

辛酉 著

中国文史出版社

目 录

CONTENTS

楔子：初　潮

初潮是女人的成人礼，每个女人都会对自己的初潮保有比较深刻的记忆。我第一次来月经是在十二岁生日过后的第五天，那是一个很容易让人记住的日子，二〇一一年十二月二十五日，西方的圣诞节。

那天晚上，我从一个奇怪的梦里醒来。我对那个怪梦并不陌生，它几乎困扰了我整个童年。自从记事起，有一个我不认识的女人，每隔一段时间就会出现在我的梦里。她总是眉头紧锁，嘴巴张张合合，不停地说着什么，一脸焦急的样子，似乎有很紧急的事情要告诉我，可我却从她嘴里听不到任何声音。

虽然我非常不愿意看见那个女人，却无法控制她一次又一次钻进我的梦里重复着同样的情境。后来，我想到了一个对付那个女人的方法，等她又在我梦里出现时，梦里的我索性闭上双眼，同时在心里默默地数着羊。慢慢地，我有了经验，每当我数完第二百只羊时，睁开眼睛，那个女人就不见了。

初潮来临的那天晚上和以往有些不同，当我在梦里数完第二百只羊睁开双眼时，发现自己竟然直接从梦中醒来。我有点恍惚，缓了片刻，才确认自己的确已经置身于现实之中。

我已经没有了一丁点的睡意，在黑暗中从床上坐了起来，伸出一只手摸索着撚开了床头柜上的台灯。

屋子里顿时亮了起来，台灯旁边的小闹钟上显示的时间是十一点零六分。

我又随手拉开了身旁的窗帘，漫不经心地把目光投向窗外。夜空中空空如也，月亮和星星都不知道躲到哪里去了。与此同时，有一种异样的感觉突然从下身传来，我连忙掀开了身上的被子，映入我眼帘的是点点猩红。

那时我还不知道，从那以后，那个女人再也没有出现在我的梦里。可是，她带给我的困惑却并没有一同消失。曾经在很长一段时间里，我都在思考一些问题：

她是谁？

她在梦里要告诉我什么事情？

我又为什么听不到她的声音？

她的消失和我初潮的到来是否存在着某种联系？

我一直想不出个所以然来，直到很多年以后，我才知道这些问题的答案。

第一章　永　别

此时此刻，客厅墙上的日历牌显示的日期仍然停留在两天前的二〇一八年十月十三日。日历牌的主人，也就是我的妈妈永远没有机会亲手撕下十月十三日那页日历了，因为她在那一天的上午出车祸意外去世了。

一个多月前的九月九日，妈妈还亲自送我到东方大学报到。想不到现如今，妈妈已经化作一堆灰烬静静躺在骨灰坛里。

置身在仅仅离开了一个多月的家里，我依然不愿意相信，那天和妈妈在东大东门前的挥手作别竟会是我们俩今生的永别。我很后悔那天没把妈妈送到北京南站，我本来是打算亲自送妈妈上高铁的，可妈妈怕我太折腾，只让我把她送到东大东门。

我也后悔十一长假没回大连，如果我回大连的话，妈妈的人生轨迹就改变了，或许后来就不会出车祸了。想到这儿，悔恨的泪水又一次夺眶而出，这两天已经不知道流了多少眼泪，似乎这一生的眼泪都要流光了。

我右眼角有颗痣，从小就听妈妈说那是一颗泪痣，注定我会是一个爱哭的女孩儿。我偏不信邪，从小到大，无论遇到什么样的伤痛和挫折都能强忍住不哭。只是这一次我真的忍不住了，也许是老天爷有意让我把一生的眼泪都积攒到妈妈去世的时候一起爆发出来吧。

我没有爸爸，是妈妈一个人把我拉扯大的。她是一个护士，经常要上夜班，所以在我十九岁的人生中有无数个夜晚，是自己一个人在家里度过的。就像眼下这样，我一个人面对家里熟悉的一切。不同的是，眼前所有熟悉的事物以后我都要永远一个人面对了。

妈妈真的再也回不来了吗？

再也吃不到妈妈包的茴香馅饺子了吗？

妈妈再也不能和我一起做瑜伽了吗？

我有一种万箭穿心的感觉，瘫坐在地板上放声痛哭，最后浑身无力地躺到客厅的地板上。不知道过了多久，茶几上的手机响了一声，是微信的提示音，但我没心情理会，继续保持先前的姿势。

未几，微信提示音又响了，我还是不为所动。此后微信提示音便以每隔二三分钟响一次的频率让我不得安宁，我十分不耐烦地起身走到茶几前拿起了手机，我心里清楚发微信的人十有八九是路沉地，打开微信一看果然是他。

"你一整天没吃东西了，这怎么行呢？我做了点皮蛋瘦肉粥放在你家门口了，第一次做，做得不好，你将就着喝点吧。"

"还没出来拿呀，粥快凉了。"

"你别生气哈，我不是想打扰你的，只要你把粥端进出喝了，我保证今晚一定不会再给你发一条微信。"

"我答应以后都叫你菲菲姐姐还不行吗？快把粥端进去吧，求求你了。"

"你不会是睡着了吧，或者不会是……"

"你再不端进去，我可要去你家敲门了哈。"

路沉地家在我家楼上，算起来我长这么大，在他家待的时间可能要比在我自己家还要长，尤其是在我小的时候。路沉地的奶奶是一个特别热心肠的老人，她老人家看到我妈妈一个人带我不容易，就主动帮忙照顾我。

在我上幼儿园之前，只要妈妈上班不在家，我都在路沉地家由路沉地的奶奶照看。等我上了幼儿园和小学，也是路沉地的奶奶来回接送我，所以路沉地的奶奶对我来说，和亲奶奶没什么两样。二〇一三年路沉地的奶奶去世的时候，我和路沉地一起为她老人家守灵。

我和路沉地从小一起长大，不仅是童年时期的玩伴，后来还成了同学。从幼儿园到初中，我们俩一直在一个班级里。他比我小十五天，在上小学三年级之前，他一直叫我菲菲姐姐。后来可能是长大了的缘故吧，他直接叫我的名字米菲。

这两天为了帮我处理妈妈的丧事，路沉地专门跟学校请了假，一直跑前跑后出了不少力。刚才和我一起回来的时候，他还要到家里来陪我，被我直接拒绝了，并且警告他不许打搅我。

我轻轻打开房门，看到门口右侧的地上有一个餐盘，上面放着一个保温杯。我弯下腰端起了餐盘，正要关门的时候，发现路沉地站在三楼和四楼之间的缓步台上。

路沉地的两个嘴角上扬着，那是代表非常满意的表情。我们太熟悉了，我知道他脸上任何一个细节变化所代表的含义。

我对路沉地轻声说道："快回家吧，外面挺冷的。"然后就关门进了屋，手里的餐盘和保温杯被我随手放在了客厅的地板上，并且一整晚再没去动它们。

第二章 "鸟语"

在浑浑噩噩中熬到了天亮，肚子里终于传来了想吃东西的信号，我这才把保温杯里的皮蛋瘦肉粥喝了个精光。路沉地的手艺确实不怎么样，不过，我也没心情计较太多。

简单吃过早饭后，我没洗漱就直接出了门。外面下起了蒙蒙细雨，我懒得再回家拿伞，一个人在雨中独行，直至上了一辆707路公交车。学校给我批了一周的丧假，还剩几天时间，我已经想好了怎样打发余下的几天时间。

我在长春路站下车时，虽然雨已经停了，可天空还是阴沉沉的。我徒步走到奥林匹克广场对面的恒隆广场。看了一眼手机上的时间，才刚到九点半，恒隆广场还没开门。我在门口等了半个小时，恒隆广场刚一开门就钻了进去，我迅速来到位于三楼西侧的银河系 Toyparadise

游戏厅，直奔里面的一台舞萌机①。

我一直很喜欢玩舞萌机，经常一玩就是好几个小时。我特别享受跟随伴奏音乐徒手快速击打屏幕所带来的快感，而此时的我，迫切地需要借助这种快节奏来暂时忘却脑海里所有的伤痛。

因为刚开门营业，又不是节假日，游戏厅里的人不多。四台舞萌机前只有我一个人在玩，不知道过了多长时间，我用余光可以感觉到身旁的那台舞萌机也有人在玩了。那个人的击打频率很快，我忍不住停下来侧头看了一眼，发现是路沉地。他以前也是经常陪我玩舞萌机，不过，他这个时间本应该在学校，不应该出现在这里。

此时，路沉地正专注于眼前的屏幕，两条胳膊在屏幕上面飞速地上下翻飞着。我定定地望着他，既有点生气，又有些感动。

该怎样界定自己和眼前这个男孩儿的关系呢？

我们是亲人还是朋友？或者是情侣？我自己也说不清楚。小时候，路沉地总是流着两行鼻涕，屁颠屁颠地追在我身后。即便是长大后，他也愿意陪在我身边。在他面前，我既像一个大姐姐一样一直照顾他；又像上司对待下属一样，总对他发号施令。和路沉地说话，我从来都是说

① 一款由日本 SEGA 游戏公司研发的，通过音乐和触屏按键来操作的音乐游戏机。

一不二的，他对我也一直是唯命是从。

不过，我和路沉地的关系并非一直都处于和谐状态。刚上初三的时候，我和外校的一个男生恋爱了。随之带来的后果是学习成绩直线下降，在妈妈和班主任老师的围追堵截下，我的初恋迅速被扼杀在摇篮里。在这个过程中，路沉地没少向我妈妈通风报信。后来，我实在气不过，动手打了他一顿。路沉地全程没有还手，只说了一句话："你这粒大米只有沉在我的地里才能生根发芽。"

那是我和路沉地关系最紧张的一段时光，我差不多整个初三都没怎么和他说话，把所有精力都放在了学习上。初中毕业后，我考上了育明高中，那是大连最好的高中，而路沉地仅仅被一所普通高中录取。我和路沉地不再是同班同学了，路沉地表面上不以为然，大言不惭地反复说着："你这粒大米只有沉在我的地里才能生根发芽。"

等到高考的时候，路沉地知道凭他的成绩无法和我一起考上东大，便退而求其次报考了北京的其他高校。可最后他也没能如愿，九月八日，路沉地十分不情愿地去辽宁师范大学报了到。

在路沉地入学的第二天，我和妈妈踏上了开往北京的高铁，路沉地因为军训没来火车站送我，但给我发来了一条微信，上面只写了一句话："无论你走到哪里都要记得，你这粒大米只有沉在我的地里才能生根发芽。"

路沉地身形瘦小，性格有些胆小懦弱，并不是我喜欢的类型。但是他又是一个特别细心、懂得体贴人的男孩儿。我已经习惯了有麻烦就找他，或者说我对他有一点点依赖吧。

我和路沉地的关系一直介乎于亲近和亲密之间，造成这种界线模糊的情况，主要是我在内心深处对路沉地始终有一种疏离感。我出生于一九九九年十二月二十日，路沉地出生于二〇〇〇年一月四日，虽然都属兔，生日只相差十五天，却分别属于两个世纪。按现在习惯的说法，我是九〇后，他是〇〇后，是两个时代的人。

我这边正胡思乱想着，路沉地那边已经结束了一局游戏。他停止了手上的动作，也转过脸来笑嘻嘻地和我对视着。

路沉地问道："嗨，米菲小姐，在想什么呢？"

我没吱声，路沉地又一脸得意地说道："我不用猜就知道你在这儿。"

我冲他嚷道："你今天不是回学校吗？跑这里来做什么？"

路沉地："上午没课，过来陪陪你。"

我："那还是老规矩，先战三局。"

随后，我和路沉地分别挥舞着手臂噼里啪啦地在各自的屏幕上击打了好一通，我并不在最佳状态却也能连续三局险胜，能明显感觉到路沉地故意让着我。游戏结束后，我觉得兴趣索然。

"没意思，不玩了。"

我转身离开了游戏厅，路沉地紧跟在我身后。

"要不，咱俩去六楼的友唱全民K歌里唱歌吧。"路沉地提议道。

我略微思索了一下就同意了，只要能转移我的注意力，哪怕是暂时的，干什么都行。

我们在友唱全民K歌的小亭子里坐定后，路沉地熟练地在机器上直接点了阿信和陈绮贞合唱的《私奔到月球》。这首对唱歌曲是路沉地特别喜欢的，总说是专门为我和他量身定做的，我们几乎每次K歌他都要拉着我唱这首歌。

男：其实你是个心狠又手辣的小偷，我的心我的呼吸和名字都偷走。

女：你才是绑架我的凶手，机车后座的我吹着风，逃离了平庸。

男：这星球天天有五十亿人在错过，多幸运有你一起看星星在争宠。

女：这一刻不再问为什么，不再去猜测人和人心和心，有什么不同。

男女：一二三牵着手，四五六抬起头，七八九我们私奔到月球。让双脚去腾空，让我们去感受，那无忧的真空，那月色纯真的感动。

刚唱完了第一段，路沉地就觉察出我的心不在焉，遂迅速切换了歌曲，换成了我总爱在嘴边哼唱的《嘴巴嘟嘟》。他这一点很对我的胃口，总能通过察言观色快速捕捉到我内心的真实感受。

春风吹，吹开花枝上只蝶。

我送你到江南去北野。

你说等着你，素描那雪季。

回来和我对坐泡茶去。

又是一季花开枝上蝶，

我等你在江南拱桥夜。

用琵琶想你，弹奏春梦季。

归途遥远弦断梦已去。

你说嘴巴嘟嘟。

嘟嘟嘟嘟嘟，

嘟一下，你就会来呀。

你说嘴巴嘟嘟，

嘟嘟嘟……

我完全沉浸在这首歌的歌词中，想到无论我如何嘟嘴，妈妈都不可能回来了，我唱不下去了，直接失声痛哭起来。

坐在一旁的路沉地连忙一把将我揽入他的怀中。在路沉地怀里，我哭了很长时间才慢慢恢复平静。从亭子里出来后，路沉地要请我去吃烤肉，被我拒绝了。

我想一个人静一静，告诉路沉地不用陪我了。在恒隆广场里，我漫无目的地逛了起来。起初我没发觉路沉地在我身后亦步亦趋地跟着，等我意识到了，转身朝他大声呵斥道："别跟着我！"

路沉地面露难色，唯唯诺诺地说道："我有点不放心你。"

"放心吧，我死不了。"

我气急败坏地说完后，转身大步流星地走了，把路沉地一个人晾在那里。

我饿着肚子在外面转悠了一下午，直到天黑才回到家里。我走进卧室脱下外套后，直接躺到了墙边的床上。床很宽大，之前一直是我和妈妈两个人睡在这张床上，躺在上面仿佛还能闻到妈妈的味道，我翻了个身趴在床上，鼻子紧贴在床单上尽情地闻着。

就在这时，我有了意外发现，床单上有一根长度在十厘米左右的长头发，有一端微微发黄而且有些卷曲。这毫无疑问是妈妈的头发，我惊喜地拾起那根长头发紧贴在脸上，又一次泪流满面。

妈妈虽然不在了，但是她的痕迹依然留在家里，留在这个世界上。我忽然从中得到了灵感，我手机微信里和妈妈之间的语音聊天记录不也有妈妈留下来的痕迹吗？

想到这里，我兴奋地一骨碌爬了起来。先找了一块布小心翼翼地把那根长头发包好装进胸兜里，又赶紧掏出手机打开微信，点开了和"迷路的瓶子"的对话框。

我逐一点击着对话框里"迷路的瓶子"发来的语音条，让妈妈的声音一次次跳进自己的耳朵里。

"菲菲，刚才看天气预报，明天北京降温，你可得加衣服呀，千万别耍单。"

"菲菲，妈给你寄了一罐腌茄子，收到后告诉妈一声。"

"菲菲，妈和你说个事，你可别不高兴。今天在楼外干墙体保温的工人师傅不小心弄碎了咱家客厅的玻璃，连带着把放在窗台上的鱼缸也弄碎了，洒了客厅一地的水，你养的那四条荷兰凤都死了。"

……

我反复听着妈妈以前和我说过的话，就好像妈妈正在我面前一样。渐渐地我觉得这样不"解渴"，想到在妈妈的手机里，应该还有更多的她本人的语音信息，我又找出了妈妈生前一直在使用的那部华为 P9 手机。

手机的屏幕已经碎得不成样子，当时妈妈就是手拿着它被那辆疾驰中的路虎撞飞的。

手捧着那部华为 P9 手机，我心如刀绞。有两滴眼泪掉落在手机屏幕上，我用另一只手轻轻拭去泪水。调整了一下情绪后，我试图打开手机，却失败了，手机没电了。

通上电源后，妈妈的手机终于能打开了，开机密码是我名字的汉语拼音，我很快就点开了微信的界面。由于屏幕碎得厉害，有好多地方看不太清楚，我不得不把手机贴近眼睛才能勉强看清屏幕里的界面。

在微信界面的最顶端是妈妈单位的工作群，第二行是腾讯新闻，第三行是一个微信名叫"祖"的人。"祖"的头像图片是一片广袤的沙漠，妈妈的微信我以前偶尔也看过，没记得见过"祖"这个人。从现在的情形看，妈妈生前在微信里最后一个聊天的人就是"祖"。

我随手点开了和"祖"的对话框，居然有了意外的发现。

二〇一八年十月十三日上午九点三十二分，妈妈和"祖"有一段时长为三分三十二秒的视频聊天记录。

紧接着在九点三十六分，妈妈给"祖"发了一条时长为八秒的语音，这条语音也是妈妈留存在世上的最后一段声音。我点开听了一下，竟然听不懂，妈妈说的是一种我从未听过的语言。

除了母语汉语之外，我从来没听妈妈说过其他语言。妈妈出生在山东威海，口音里带有明显的威海方言特色，后来在大连时间久了说话也夹杂了一些大连口音。除此之外，她并不会说其他的方言。

我又重复听了好几遍，感觉不太像是汉语的某种方言，也不是日语或者韩语。那种语言怪怪的，叽里呱啦的语速非常快，听起来有点像"鸟语"。

我继续向上翻看聊天记录，发现妈妈和"祖"从九月十一日开始一直到十月十三日，每天都有一条视频聊天记录。时长从三分钟到三十分钟不等，而且除了最后那条"鸟语"外，再无其他语音或者文字聊天记录。

妈妈和"祖"是在九月十日下午四点二十三分添加成功的好友。从时间上推算，那时候妈妈正在北京。她是九月九日和我一起到的北京，帮我在学校安顿好了一切之后，九月十日那天她自己一个人在北京逛了逛，九月十一日返回的大连。

这样看来，妈妈是在北京遇到的"祖"。以妈妈的性格绝对不会和刚认识的人频繁地视频聊天，"祖"和妈妈一定是老相识而且关系非同一般。

"祖"会不会就是我的爸爸呢？直觉告诉我，很有可能。

一直以来，妈妈从没和我说过关于爸爸的任何事情，这让我对自己的爸爸一无所知。对于爸爸，我能通过猜测得来的信息只有一个，他很可能姓米。十六岁生日那天，我第一次郑重地向妈妈询问爸爸的情况，妈妈没有正面回答我，只是答应我，等我二十岁的时候会把一切都告诉我。可是，现在眼看我还有一年就满二十岁了，妈妈却不在了。

我点开了"祖"的微信资料，除了微信号是一串英文字母和地区写的中国外，再无别的信息。尤其是个人相册没开通，说明"祖"在微信朋友圈里从没发过一张照片，我不禁有些失望。

妈妈是在十月十三日星期六上午接近十点的时候出的车祸，我曾在交警队里看过妈妈出事故前后时间段的监控录像。在那个我永远都不会再踏足的路口，妈妈如同被抽离了灵魂的行尸走肉一样，完全无视前方亮起的红灯和一闪而过的阵阵车流径直横穿马路，最终在马路中央被撞飞。

妈妈平时是一个非常遵守交通规则的人，我一直都很费解，当时到底发生了什么事，能让妈妈那么失神。

现在看来，妈妈先是在家里和"祖"视频聊天，然后出的门，过了不长时间就出了车祸。由此可以推断，"祖"那天很可能对妈妈说了什么，导致妈妈的精神状态异常。

我赶紧给路沉地发了一条微信："快下来，有重要的事。"

路沉地像往常一样秒回了我："好的，马上。"

路沉地的回复很快，动作却一点也不快。我满以为他马上就能到我家来，不承想，他的敲门声却迟迟没有响起。后来我才恍然想起，前两天路沉地一直是请假在家帮我，今天他正式回学校了，晚上应该在学校宿舍，并不在家里。

我随即拨打了路沉地的手机号，想告诉他不用过来了。电话刚一接通，不等我开口，路沉地的声音就跳跃着传进我的耳朵里。

"等着急了吧？等出租车耽误了一会儿，我现在已经走到知行小学门口了，马上就到了。"

知道他快到了，我也只好临时改了口："嗯，我知道了，你小心点。"

第三章　简　历

挂断电话不一会儿，路沉地就风风火火地来了。我已经等不及了，路沉地进门后没让他换拖鞋，直接把他推到客厅的沙发上坐下来。

我用最快的语速，把自己的新发现讲给路沉地听。

路沉地听完之后没说话，拿着我妈妈的手机一个劲儿地重复听着妈妈最后留下来的那句"鸟语"。他的眼神直勾勾地，明显陷入沉思之中，好半天才回过神儿来。

路沉地问我："你妈妈说的这种语言会不会是满语？或者别的少数民族语言？"

"不可能的，我妈妈是百分之百的汉族。"我断然说道。

"你真的了解你妈妈吗？"路沉地反问。

"当然了，她是我的妈妈啊，你怎么这么问？"我不解道。

路沉地："我看未必，有个疑惑我本想等你心情好一点了再问你的，现在看来有必要提前说了。还记不记得那天我替你去锦绣派出所给你妈妈销户口时，偶然在你家户口簿外皮里发现了一张手写的个人简历？"

"对呀，这事儿后来你跟我说过一嘴，有什么问题吗？"

"你现在把那张简历拿出来，好好看一看。"

我有些懵懂地起身从卧室的柜子里翻出了户口簿，又从户口簿外皮里找出了那张只有一页纸的简历，然后站在柜子旁仔细阅读起来：

个人简历

林晶文，女，1973 年 4 月 8 日出生于山东省威海市孙家疃公社靖子大队。

祖　　籍：山东荣成

民　　族：汉

家庭出身：贫农

政治面貌：群众

户籍所在地：大连市沙河口区锦泉南园 6-1-3-1

联系电话：86821840

学习经历：

1980 年 9 月至 1985 年 7 月就读于威海市孙家疃镇中心小学

1985 年 9 月至 1988 年 7 月就读于威海市孙家疃中学

1988 年 9 月至 1991 年 7 月就读于威海一中

1991 年 9 月至 1994 年 7 月就读于烟台师范学院数学系（专科）

工作经历：

1994 年 7 月至 1995 年 1 月在威海市实验中学工作

职　务：代数老师

1996 年 2 月至 2000 年 3 月在大连市妇产医院工作

职　务：护士

2000 年 4 月至今在大连市第六人民医院工作

职　务：护士、护士长

妈妈的简历看完了，路沉地也走到了我的身旁。我并没发现简历上有什么问题，用疑惑的目光盯着路沉地。

路沉地试探性地问道："你没发现不对劲儿的地方吗？"

我不明所以，轻轻摇了摇头。

路沉地："从代数老师到护士，这个职业跨度太大了吧？况且老师和护士都是专业性比较强的职业，根本没有可以兼容共通的地方。一个人怎么可能在一九九五年时还是老师，一年之后就成了护士，你觉得可能吗？"

路沉地进一步补充道："你看这份简历，像不像两个人的经历拼接在一起的。一九九五年前在威海是一个人的，一九九六年之后在大连又是另外一个人的。而且有一点特别关键，这份简历上的工作时间不是连贯的，一九九五年二月到一九九六年一月这将近一年时间是空白的。"

我仔细琢磨了一下路沉地的话，觉得很有道理。不过，我也有自己的疑问。

"可是，我妈妈确实是威海人啊，她平时在外面说普通话，在家里她说话就是威海那种很有喜感的口音。"

"哎呀，你真是死心眼儿，我只强调是两个人的经历拼接在了一起，并没说这两个人一个是威海人，另一个是大连人啊。我是猜测，在一九九五年二月到一九九六年一月这期间，会不会发生了什么事情，让你妈妈和这个简历上名叫林晶文的人互换了身份。"

路沉地的一席话我听着像天方夜谭，不由得脱口惊呼道："你小说看多了吧？这怎么可能啊！"

路沉地："你先别急着下结论，好好琢磨琢磨，真的没有这种可能吗？你以前不是也和我说过吗，你妈妈从没向你说过和威海有关的一切事情，哪怕是只言片语也没有，这一点难道不反常吗？"

我沉默了，路沉地说得在理，妈妈不仅从不谈论威海，这些年也没见她回过威海。我突然意识到，妈妈有很多事情我是不了解的。在心里不由得对妈妈产生了一种以前从未有过的陌生感，但我并不认同路沉地所说的互换身份的说法，那样就太离奇了。

路沉地自顾自地说道："结合你今天的发现，你妈妈很有可能是一个少数民族,而且会说这种少数民族的语言。至于那个'祖'是不是你爸爸,不太好说。但不管怎么样,有一点是可以肯定的,你妈妈去世那天行为异常一定是受到了'祖'的影响。"

我不置可否,没有表态。

路沉地继续说道:"当务之急是找到那个'祖','祖'找到了,很多事情就都清楚了。"

我不屑地回应道:"我也知道这个,关键是怎么找啊?而且拜托你能不能先把鼻涕擤干净了再说话。"

路沉地的鼻子里好像有鼻涕,刚才说话的过程中,时不时地吸一下鼻子,这让我很不舒服。路沉地很配合,将鼻涕全部擤出来后,说话时终于不再有烦人的鼻音了。

"你可以在微信上直接联系那个'祖'呀。"

对呀,这么简单的办法,我怎么就没想到呢?真是急昏了头了。

我迅速编辑了一段文字发给"祖",等了一会儿没等到回复,我等不及了,直接发起了语音通话,提示音反复响着,那头始终没接听。

见我有些失望,路沉地又说道:"说不定'祖'现在正忙或者已经睡了,等明天就能联系你。即使不联系也没关系,我这就联系陈嘉隆,明天咱俩一块去大外找他,让他帮忙找大外的老师听一听,一定有人能知道那种语言的。

先弄清楚你妈妈和'祖'说的那句话是什么语言，表达的又是什么意思，然后再想办法联系那个'祖'。"

路沉地说的这个陈嘉隆，是我们俩的初中同班同学，今年高考考上了大连外国语大学日语专业。

路沉地很快就通过微信联系上了陈嘉隆，陈嘉隆十分爽快地答应帮我们的忙。

联系完陈嘉隆，路沉地两眼放光，兴奋地对我说道："我感觉我发现了一个非常好的小说素材，一定要把它写出来。小说名字我已经想好了，就叫《双重身份》，一会儿回宿舍就写。"

路沉地虽然文笔一般，却喜欢舞文弄墨。特别是上了高中以后开始写起了网络小说，有悬疑题材的，也有爱情题材的，还有穿越题材的。奈何他实力不济，每次都是连载一段时间就中途放弃了，至今没写成过一部完整的小说。

我撇了撇嘴，轻蔑道："那我祝你早日完成大作。"

路沉地一本正经地说道："你可得看呀，你的关注才是我最大的动力。"

我催促道："行了行了，你快走吧，晚了宿舍别关门了。"

"关门了我就在你这儿睡。"路沉地贫嘴道。

我瞪了路沉地一眼，他立马老实了。

"看你情绪稳定了，我也就放心了。我走了，一会儿给你发新小说哈，你看完之后就赶紧休息吧。"

路沉地回到宿舍后，立即动笔开始写小说。晚上九点半刚过，我就在微信上收到了他发来的小说链接。我点开后，大略看了一下，小说开头这一段，路沉地完全是照搬我这几天经历过的现实，没有一点他个人的创作，甚至小说中的人物名字都和现实一模一样。男主叫路沉地，女主叫米菲。这让我很生气，直接在微信上发文字斥责他："谁允许你在小说里用我名字的？赶紧给我改过来。"

路沉地依然是秒回："这不挺好的吗？多真实啊。"

我："真实你个头啊，你这哪是写小说，完全是实录，亏你还是学中文的，没有一点自己的个性创作。"

路沉地："你说得没错，就是实录。我都想好了，这次我就像一个史官一样准确记录咱俩遇到的事情就 OK了。不是有那么一句话嘛，现实永远都要比小说精彩，这也算是写一个备忘录，后面再遇到什么事情咱们还可以回头查看。"

我："我不管你怎么写，直接用我名字就是不行。"

路沉地："我的小说没什么人关注的，直接用你的名字也没关系的。"

我："我说不行，就是不行。"

在我的强烈反对和亲自监督下，路沉地无奈地把小说中女主的名字改成了米小菲。

那天晚上，我在被窝里捧着妈妈的手机一直等到后半夜，也没能等到"祖"的回复。

第二天一大早儿，我拿着妈妈的手机和路沉地一起来到大连外国语大学。在陈嘉隆的引见下，大连外国语大学的多位老师帮我们鉴别了妈妈手机里的那句"鸟语"，出乎我们意料的是，竟然没有人能听得懂。不过，一位姓刘的阿拉伯语老师给我们提供了一个重要的线索。

刘老师告诉我们，"鸟语"听起来很像闪含语系的语言。刘老师介绍说，闪含语系全称闪米特－含米特语系，主要分布于西亚和非洲，包括阿拉伯语、希伯来语、豪萨语和阿姆哈拉语等主要语言。这直接推翻了路沉地此前"鸟语"属于我国某少数民族语言的推断。

我虽然更茫然了，想象不出妈妈怎么会和那么遥远的语言扯上关系。但是，我也有了新的想法，那就是马上回北京。我要拿着妈妈的手机亲自去西城外国语大学，我相信在中国外国语方面的最高学府，我一定能找到自己想要的答案。

在回北京之前，我又尝试着通过妈妈的微信联系了"祖"几次。发过去的信息都石沉大海，那边一直静悄悄的，没有任何回音。"祖"是故意不回复，还是其他原因，我不得而知。

十月十八日星期四早上七点，我在大连北站坐上了开

26

往北京的高铁。这次路沉地亲自送我上的高铁，临别时他一再叮嘱我，凡事小心点，有紧急的事情务必要在第一时间联系他，有什么消息及时互相通气。路沉地婆婆妈妈地唠叨了一大堆废话，我一句也没往心里去，一门心思只想赶紧回到北京。

车窗外是一掠而过的风景，脑海里是不断闪回的各种回忆，都是和妈妈共同经历的点点滴滴，现在的我似乎格外害怕安静下来，因为只要一静下来，我便会立即陷入悲伤。中午临近十二点，我乘坐的那列高铁抵达北京南站。走下列车那一刻的心境和一个多月前那次截然不同，上一次我是和妈妈一起来的。想到这儿，我忽然有一种想哭的冲动，但我强忍住了，没让眼泪掉下来。

之后我回到学校向辅导员赵老师打了声招呼，并且详细介绍了自己回大连后发生的一切，还让赵老师帮忙联系西外的相关老师。

东大和西外相距不远，出了东大西门沿着苏州街一直往南走，步行二十分钟就到西外了。而且东大和西外曾签署过战略共同体合作框架协议，是高校战略共同体，两所高校互为第二校园，联系十分密切。

赵老师没费多少工夫就帮我联系到了西外亚非学院办公室的苏老师。紧接着，我又马不停蹄地赶到西外东校区的主楼，在三楼的一间办公室里找到了苏老师。苏老师是个四十岁左右的中年妇女，戴着一副高度近视镜。

我说明了来意之后，将妈妈的手机送到苏老师面前。由于我已经给妈妈的手机换了一个新的屏幕，所以苏老师此时查看手机界面不会有任何视觉上的障碍。

苏老师点开了那个时长为八秒的语音条，连续听了两遍那句"鸟语"。

苏老师拢了一下前额的头发，沉吟道："像是豪萨语。"

随后，苏老师领着我来到豪萨语教研室，为我引见了亚非学院的豪萨语教师方炎。方老师看起来年纪和苏老师差不多，也是一位女老师。

苏老师简单介绍了一下背景信息后，将我妈妈的手机交到方老师手上。方老师轻轻点开了那个语音条，把手机放到她的一侧耳朵旁边，她仅仅辨听了一遍就非常笃定地说道："是豪萨语，这句话的意思是'无论何时何地，你我都在彼此心中'。你妈妈的发音很标准，像是专门学过。"

接着，方老师简单介绍了一下豪萨语。这种语言属于闪含语系乍得语族，是非洲最重要的三大语言之一，在尼日利亚北部、尼日尔南部、乍得湖沿岸、喀麦隆北部、加纳北部以及非洲萨丽那地带的西非其他各国被广泛使用。国内开设豪萨语专业的高校除了西城外国语大学外，还有中国传媒大学。另外，天津外国语大学在二〇一七年也申请设立了豪萨语专业。

听完方老师的介绍后，我也道出了自己心中的疑惑："豪萨语在中国应该算是一种比较冷门的语言，我妈妈无论是在学生时代还是参加工作以后，都没有机会接触到这种语言的，又是从哪里学的这种语言呢？"

方老师简单询问了一下我妈妈的个人情况之后，又略微思考了片刻，才慢慢说道："没错，豪萨语专业的确属于比较冷门的小语种，要间隔很多年才会招一届学生，过去和现在都是如此。不管我们西外还是中国传媒大学，每一届学生人数都不多，而且学生毕业以后的去向也是非常单一的，大多数从事对非洲的外事工作，少部分留校任教。这个圈子非常小，大家基本上都认识。但通过你刚才的描述，我确实不知道有你妈妈这个人。所以我在想，会不会是你妈妈认识的人里有学过豪萨语的，你妈妈跟着学过一两句呢？"

方老师的一番话给了我很大的启示，妈妈在微信上直接对"祖"说豪萨语，说明"祖"是懂豪萨语的。我连忙问方老师认不认识"祖"？方老师瞟了一眼我手机微信里"祖"的头像后说道："刚才没注意，这不是吕念祖老师的微信吗。"

我大喜过望，没想到能在西外顺便查出"祖"的真实身份。

方老师介绍说，吕念祖早年是西外豪萨语专业的学生，毕业后留校任教。今年年初查出得了肝癌，上周五刚刚去世。

就在此时，一直在旁边默默倾听的苏老师突然惊呼道："我想起来了，上个月，大概是十号左右。那天下午，我在整理学院橱窗里的教师资料，因为吕念祖老师已经办理了病退，按规定需要撤下个人资料。就在这个过程中，一个路过的中年妇女主动过来询问为何要把吕念祖老师的资料拿下来。我据实相告，中年妇女听完之后显得很着急，说她是吕老师的老朋友，向我要了吕老师的联系方式。刚才听米菲同学介绍了她母亲的情况，我觉得我那天遇到的那个中年妇女很可能就是米菲同学的母亲。"

苏老师说得没错，我在心里把几个关键的时间节点连接在一起，迅速勾勒出这件事的概况。

上个月九号妈妈和我一起到的北京，十号那天她一个人闲逛时来到西外，意外得知吕念祖病重的消息。然后她一定见到了吕念祖，二人互加了微信。妈妈回大连后，还和吕念祖保持着视频联系。上周五，也就是十月十二日，吕念祖去世。十月十三日上午妈妈得知这个消息后精神受到了极大的刺激，以至于后来出交通事故意外去世。

妈妈的豪萨语一定是吕念祖教的，从那句豪萨语表达的意思来看，妈妈和吕念祖当年肯定是恋人关系，吕念祖很有可能是我的爸爸。如今他也已经去世，我很难过，心里有一种针扎似的痛楚。

我又向苏老师询问吕念祖的家庭信息和具体住址，打算去吕念祖家里拜访一下，以期能了解到其他有价值的信息。苏老师告诉我，吕念祖的爱人名叫初琳，也是西外的教师，吕念祖去世以后，初琳老师就向学校请了长假，和吕念祖的女儿吕茗茗一起到外地散心去了。至于去了哪里、多久回来，苏老师也不清楚。

无奈之下，我只好留下了自己的联系方式，一再叮嘱苏老师在初琳老师回来后务必通知我一声。

第四章　威　海

走出西外东校区的西门，天已经黑了。马路两侧满满当当地被各种车辆填满，不时有不耐烦的司机按响烦人的喇叭。

初琳老师和女儿外出不在家，迫使我不得不停下调查的脚步。可我却一刻也不愿意等，考虑到马上临近周末，我的丧假还有三天时间，思量再三，我决定利用这三天时间亲自去一趟妈妈的出生地山东省威海市孙家疃镇靖子村。

我立即打电话告诉路沉地自己的决定，也一并向他告知了我刚才亲历的一切。路沉地在电话里说他正好周五没课，可以和我一起去威海。也不知道他是不是真的没课，反正他愿意陪我去，我心里挺高兴的。

由于正值淡季，机票比较便宜，也更节省时间。我和路沉地约定周五早上分别从北京和大连坐飞机去威海，然后在威海大水泊机场会合。

晚上，路沉地将我白天的见闻充实进他的小说里，九点的时候给我发来了小说链接。我看完之后觉得很乏味，遂在心里暗暗决定以后不再看他写的这部名叫《双重身份》的小说。因为他在小说里记录的都是我们现实中已经经历过的事情，没什么意思，也没有必要看。同时，我也料定路沉地会和以前一样，新小说一定会半途而废。

夜里，我做了一个梦。我梦到了妈妈，她告诉我说，她回老家威海生活了，希望我也能去威海和她一起生活。我毫不犹豫地回答：我愿意。只要能和妈妈在一起，我干什么都愿意。

早晨醒来时，我的枕头上洇湿了一大片。脑袋昏昏沉沉的，身上乏得厉害，但我必须强打起精神来，因为还有更重要的事情在等着我。

中午十一点十分，我乘坐的飞机准时在威海大水泊机场降落。路沉地坐的那班飞机比我早到两个多小时，他一直在机场四号出口等着我。

路沉地穿了一件我之前没见过的蓝色风衣，尽管他个头不高，可单看外表也算是气宇轩昂。远远地望着路沉地，我突然感觉到他不再是过去那个小男孩儿了，如今的他已经可以称之为男人了。

待我走到路沉地面前时，他嬉皮笑脸地问道："嗨，米菲小姐，在想什么呢？"

"我在想你脸上的油光，晃得我都睁不开眼了。"我打趣道。

路沉地的脸上特别爱出油，经我这么一说，他赶紧掏出一张面巾纸在脸上擦拭起来。

随后，我们坐上了开往威海市区的机场大巴。有路沉地在我身边，具体的行程完全不用我操心。我在大巴上侧头倾听着路沉地的行程安排，偶然发现路沉地的脸上有个刚刚露白头的粉刺。我伸手就要去挤，路沉地下意识地躲开了。

"别乱动，有个粉刺，我替你挤了它。"我喝令道。

路沉地面露难色，嗫嚅道："还是算了吧，怪疼的。"

以前我就爱给路沉地挤粉刺，他每次都说我挤得疼，已经产生了心理阴影。不过，我似乎是有强迫症，只要看到路沉地脸上有粉刺，不挤了就浑身不自在。

"别废话，把脸伸过来。"我厉声说道。

路沉地听罢，像一只引颈受戮的绵羊一样，乖乖地把脸伸了过来。我旋即就享受到了粉刺爆裂的快感，路沉地却疼得龇牙咧嘴的，粉刺都挤完了，他还在不停地揉着脸上被我刚刚挤过的位置。

我见状，撇了撇嘴，不屑地说道："切，一个大男人，连这点疼都受不了！"

"有个问题，我一直都想问你，除我之外，你看到别人的脸上有粉刺也会去挤吗？"路沉地问道。

我还从来没想过这个问题，仔细想一想，好像我的这个强迫症只针对路沉地有效。我自己也觉得很奇怪，也不知道该如何回答路沉地，只好顾左右而言他，转移了话题。

大巴行驶了一个多小时后来到了我们的目的地威高广场站。不得不说路沉地的行程规划得非常好，从大巴下来后，我们一步不移，正好是3路公交车的终点站。

3路公交车另一头的终点站就是我们此行的最终目的地孙家疃镇靖子村。根据我在网上提前了解到的信息那里现在准确的名称是：威海市环翠区孙家疃街道靖子社区，但不管叫什么名字都是同一个地方。

我们俩在周围随便找了个小饭店吃了点东西，之后在下午一半左右的时候，坐上了一辆开往靖子村的3路公交车。

威海这座城市不大，3路公交车途经的站点虽然很多，但各站点之间的距离并不远，加上不是早晚高峰期，路上一点也不堵车,仅仅过了二十分钟公交车就驶进孙家疃镇。透过车窗可以看到远处的大海，景色颇为壮观，又过了几分钟就到达了终点站靖子村。

刚一下车我就闻到了一股海腥味，这让作为大连人的我感觉格外亲切。3路公交车停车场的旁边有几个看起来很有年头的老房子，走近一看才知道是一座龙王庙。在停车场的另一边是一栋还未完工的房子，高墙上写着"两岸靖水湾"几个红色的大字。

除龙王庙的房子比较旧之外，放眼周围尽是全新的楼盘，这些楼盘被群山环抱，和远处的大海还有海上星星点点的渔船构成了一幅非常美丽的风景画。

妈妈生前从未和我提及过靖子村，眼前看到的一切和我脑海里一直设想的靖子村大相径庭，在来之前我在潜意识里一直感觉靖子村应该是一个古朴甚至有些破败的村落。可是，不管靖子村的样貌到底是什么样的，都改变不了它是一个渔村的现实。作为海边长大的人，不会游泳的可能性不大，而妈妈恰恰不会游泳。对于妈妈是否真的在靖子村出生长大，我隐隐地产生了一丝怀疑。

我和路沉地刚刚乘坐的那辆3路公交车又发车了，车上没有一个乘客。可能是天气冷了的缘故，我和路沉地下车都好半天了没看到一个人影，也没有一辆私家车经过。好不容易看到一辆私家车从远处开过来，我和路沉地连忙一起挥手。

私家车开到我们身旁的时候停了下来，副驾驶一侧的车窗随即摇了下来，司机是一个三十多岁的小伙子，在驾驶位置上欠了欠身，问我们有什么事。

我原想问他知不知道有关林晶文家的情况，可听他说话的口音不像威海当地的，不自觉地把已经张开的嘴巴又合上了。

路沉地见冷了场，径直开口向司机问道："大哥，您是住在这里吗？"

在得到对方肯定的答复后，路沉地接着问道："那您知道这个村子以前有个叫林晶文的人吗？"

对方问答："这个我不太清楚，我是前两年来这里买的房子。你们想了解这里坐地户的情况，可以到前面的村委会去问，就顺着这条路一直走，走不多远就能看到有所常春藤学校，再往右拐就是村委会了。"

我们谢过了那位司机大哥之后，按照他指引的方向，一路上坡走了五六分钟后，威海常春藤学校出现在我们的视野之中。果然像司机大哥说的那样，靖子村村委会就在离常春藤学校不远的地方。

我们远远地看到靖子村村委会建在一个坡上，是一幢两层高的旧楼，门口飘扬着一面五星红旗。我和路沉地先登上一段很长的用石头垒成的楼梯，又转弯走了一段红砖路，接着再登上一段依然是用石头垒成的短楼梯，绕了一大圈后，终于来到靖子村村委会门前。

一个老大爷正低着头在村委会门前扫地，我上前和老大爷打了一声招呼，他像没听见一样自顾自地干着手上的活儿。路沉地见状走过去轻轻拍了一下老大爷的肩膀，这回老大爷有反应了。我们随即发现，老大爷耳背得厉害，任凭我们怎样大声说话，他都是大声重复着同一句话："你说什么？"

与此同时，从村委会里走出来一个长着圆脸、剃了一个小平头的中年男子，朝我和路沉地问道："你们找谁？"

我急忙上前一步："叔叔您好，您知道这个村子以前有个叫林晶文的人吗？"

一听到林晶文这三个字，"小平头"脸色骤变，但他迅速定了定神儿，点头说道："知道，老林家的闺女，离开这儿有些年头了。"

"小平头"在说话的同时，一双眼睛在我身上快速打量了一遍。

"那她家现在还有什么人？"我追问道。

"小平头"十分警觉地反问："你问这个干什么？"

"我是林晶文的女儿，她前些日子去世了，我来这里随便看看。"我不卑不亢地回答道。

"林晶文死了？你是她的女儿？""小平头"又反问道，虽然他极力掩饰，但仍能看出来他神色有些慌张。

我："嗯，我是林晶文的女儿，林晶文家以前的房子是不是已经不在了？"

"小平头"没有回应我，而是呆立在原地，像是在思考着什么问题，过了片刻才回过神儿来，勉强挤出一丝笑容："那你们跟我来吧，我带你们去找毛主任。"

"小平头"一个人走在前面，引领着我和路沉地进入村委会。刚走上二楼的楼梯，"小平头"停了下来，他转过身来对我们说道："你们还是先在我那屋等一会儿吧。"

"小平头"又把我们领到一楼的一间门牌上写着"交通安全服务室"的办公室里，给我们俩分别倒了一杯水后，他一个人上二楼去了。

过了很长时间，我和路沉地把杯里的水都喝光了，"小平头"也没回来。在这个过程中，一直有人进出交通安全服务室，他们看我和路沉地的表情都怪怪的，有一种如临大敌的感觉。我觉得莫名其妙，路沉地看起来也一样，碍于一直有人在旁边，我和路沉地之间没怎么说话。

又等了将近半个小时，"小平头"总算回来了，领着我和路沉地来到二楼右手边的第三个办公室。办公室里只有一个看起来五十多岁、留着仁丹胡的男子端坐在办公桌后面的大班椅上。

"这是我们靖子村的毛主任，这就是林晶文的女儿。"

毛主任听完"小平头"的介绍，热情地起身迎了上来和我握了握手，然后指着旁边的沙发请我们落座。

我和路沉地依言在沙发上坐定，"小平头"这时准备离开，被毛主任叫住了。

"老魏，你别走，去外面搬把椅子一起坐下来听听。"

毛主任把他的大班椅推到我和路沉地跟前坐了下来，他的目光始终停留在我的脸上。等"小平头"从外面搬了一把椅子进来在毛主任身旁坐好了，毛主任才开口询问我妈妈的情况和死因，我据实相告。

……

毛主任问我："你这次来主要的目的是什么？"

我："本来是想看看我妈妈以前住过的房子，现在看是不太可能了，也想顺便了解一下她的过去。"

毛主任面色凝重地说道："说到林家的那个老房子，前几年动迁可是给我们村委会出了很大的难题。闺女你可能也看到了，这里都盖新楼了，以前的老房子全都拆了。虽说你姥爷林学峰去世后，你妈妈并没有把产权证改成她的名字，但是在村里动迁重新分房子时，林家分到的新房子还是应该归你妈妈所有。我们当时是专门咨询过律师的，这叫第一顺位继承。可是，在真正落实这件事的时候我们却遇到了麻烦。最大的麻烦是联系不上你妈妈，你妈妈自从一九九五年离开村子之后就音信全无。还有一个麻烦是有人想抢占原本应该属于你妈妈的新房子，你妈妈以前和你说没说过她有一个姑姑？"

我没吱声，用摇头的方式回答。

毛主任仍旧紧绷着脸继续说道："你妈妈有一个姑姑叫林学芳，是你姥爷的姐姐。林学芳早在二〇〇二年的时候就去世了，她有一对儿女，男的是哥哥，叫吴奎学；女的是妹妹，叫吴奎蓉。他们兄妹俩都对新房子有想法，理由是林家老宅的产权归你姥爷所有，你妈妈作为继承人已经找不到了，就等于放弃继承。新房子的产权人就应该从第二顺位继承的林学芳那一支里找。对于他们兄妹的提议，我们村委会一直是不同意的。可也不知道他们兄妹俩找的什么门路，后来区里的一个大领导直接给我们村委会下命令，新房子的产权证上必须写吴奎学儿子吴刚的名字。这个问题我可要先和你说清楚，和我们村委会是没有一点关系的。"

我总算明白靖子村村委会的人得知我是林晶文的女儿后为什么那么紧张了，他们担心我这次到这里来是为了要房子的，毛主任说这番话的目的也是想先撇清村委会的责任。

我："毛主任，情况我大概都清楚了。我要声明一点，我这次不是为了争房产来的，我对那些东西不感兴趣，我主要是想了解一下我妈妈的过去。"

毛主任和"小平头"对视了一下，感觉像是松了一口气，两人脸上的表情瞬间轻松了起来。

毛主任微笑着说道："你妈妈可是人才啊，她是靖子村有史以来第一个大学生。但是，你要是想了解详细一点的情况，我建议你还是去找吴家兄妹。他们和你妈妈毕竟是亲戚，知道的肯定比我们多，我们外人实在不好多说什么。再说了，你来了他们作为大伯、姑姑也该招待一下不是吗？村委会可以帮你们联系。"

我同意了毛主任的建议，毛主任随后吩咐"小平头"联系吴氏兄妹。我向毛主任道过谢之后，和路沉地一起跟着"小平头"又回到一楼的交通安全服务室。"小平头"给吴奎学打了一个电话，吴奎学在电话里反复确认了好几遍，得知确实是林晶文的女儿回来了，语气特别不耐烦，但还是答应一会儿就来村委会。

"小平头"放下电话对我和路沉地说道："他们兄妹俩得一会儿才能过来呢，你们俩要是闷得慌可以去外面转一转。在公交车站那里有靖子村的龙王庙，是文物古迹。在常春藤学校里面有一个码头，全是卖新鲜海产品的，码头旁边还有一个废弃的军港。"

我实在是没那个心情，遂谢绝了"小平头"的好意，和"小平头"有一搭无一搭地聊起了天。

从"小平头"口中我了解到，用林家老宅换来的新房子后来成了吴奎学的儿子吴刚的婚房。但是吴刚住了不到一年就搬到威海市内住了，新房子现在出租给一户外地人住。吴奎学家住在离靖子村不远的远遥村，开车过来也就十分钟的车程，但他一定会等住在市内的吴奎蓉先到远遥村和他会合以后，两个人再一起到村委会见我们。因为吴氏兄妹彼此不信任，从一开始就口头约定好了，和靖子村新房子有关的一切事物，他们兄妹二人必须同时出面。后来为争夺靖子村的新房子，二人闹得不可开交，最终吴奎学给了吴奎蓉二十万元才平息事端。

听完"小平头"对吴氏兄妹的介绍，我不由得对吴氏兄妹心生反感，但是为了达到自己的目的，我必须强迫自己把这份反感暂时藏在心里。

我们等了将近一个小时，吴氏兄妹终于来了。吴奎学皮肤黝黑，中等身材，是个瘦老头，一对小三角眼镶嵌在两个大眼袋上，一嘴大龅牙暴露嘴唇外面。吴奎蓉一头银发，貌相还算和善，只是脸上有多处像是白癜风似的白斑不是太美观。二人看起来年纪都比我妈妈大。

"小平头"简单地为我们双方介绍了一下之后，吴奎学没有任何寒暄的话，直接劈头盖脸地质问我："怎么能证明你是林晶文的女儿？"

我万万没想到吴奎学会这么问我，一下子被噎住了，心里愤怒至极。

"小平头"见状也有些气不过，没好气儿地说道："老吴你这是干什么？人家孩子过来不是为了和你们争房子的，就是来看一看，想多了解了解晶文小时候的事儿。"

吴奎学闻听此言愣了片刻，仍然用充满敌意的口气问我："真的吗？"一对小三角眼紧紧地盯着我的脸。

我缓缓地点了点头，板着脸说道："没错，就是这样的。"

吴奎学如释重负，脸上的神情缓和了不少。他侧头和一旁一直未说话的吴奎蓉交换了一下眼神，两人迅速凑在一起背过身去低声耳语了一番。

重新转过身来的吴奎学像换了一张脸似的，十分亲热地对我说道："大侄女儿，这都是咱们的家事，咱们到外头去说吧。"

吴奎学边说边和吴奎蓉一起拉着我往外走，我没来得及向"小平头"道声谢、告个别，就被吴氏兄妹推到了外面，路沉地紧跟着我们离开了村委会。

出了靖子村村委会，我们四个人一直走到常春藤学校门口停放的一辆小轿车前才停住脚步。吴奎学掏出车钥匙打开车锁后，安排路沉地坐到前排副驾驶的位置上，他自己拉着我和吴奎蓉一起挤进后排座位上。我坐在中间，吴奎学在我左边，吴奎蓉在我右边。他们兄妹二人的坐姿很有特点，都是面朝我侧身坐着，一只脚放在另一条腿的腿窝里夹紧，类似农村坐炕头的姿势。

"大侄女儿，姑有个事儿想先问问你。"

这回是吴奎蓉先开了口。

我："您请说。"

吴奎蓉："林家有一幅祖传的古画你见没见过？"

我："没见过，也从没听我妈妈提起过。"

吴奎蓉眉头紧锁，若有所思地点了点头，说道："那看来你妈妈当年离开家的时候，并没有带走那幅古画。前几年这里动迁的时候，我和你大伯一起收拾老房子里的东西，偶然发现了一份保险箱开户资料，资料上显示你妈妈在一九九五年初的时候，曾经把什么东西寄放在一家信用社的保险箱里，而且一下子交了二十年的费用。当时，我就猜测保险箱里的东西一定很珍贵，会不会就是那幅古画？可是箱子只有你妈妈能打开，我们也没办法知道里面到底放了什么。"

吴奎蓉停住了话头，眼神定定地望着我。我料定吴奎蓉和吴奎学一定是觊觎保险箱里的东西，遂不屑地笑了笑，在心里对他们兄妹俩更加嗤之以鼻。

我郑重地回应道："我再强调一遍，我对房子还有什么祖传的古画没有任何想法，我想要的是从你们口中听到我妈妈过去的一些事情。我可以配合你们打开那个保险箱，如果里面真有那幅古画，你们就拿走。"

吴奎蓉惊讶地望着我，对于我刚才说的话，她似乎难以置信。

吴奎学这时插话道："大侄女儿，你不会是哄我们两个老家伙开心吧？"

"我说到做到。"

吴奎学和吴奎蓉欣喜万分，吴奎学满脸堆笑地龇着一嘴大龅牙说道："那咱们就一言为定。"

　　"嗯，一言为定。"

　　我天真地以为，给了吴氏兄妹满意的答复，他俩就能给我想要的东西，会立即告诉我妈妈以前的事情。谁知，吴奎学却掏出手机打起了电话，不知道和什么人咨询起了开启保险箱的相关事宜。

　　吴奎蓉在旁边认真地听着，我和路沉地只好在一旁陪着一起听。自打和吴氏兄妹见面到现在，吴奎学和吴奎蓉没问过一句我妈妈这些年的情况，更没问过我妈妈的死因。他俩关心的只有财富，我心里十分鄙夷这对贪婪的兄妹。

　　吴奎学终于打完电话了，一本正经地对我说道："大侄女儿，事儿还挺麻烦，就算你放弃继承保险箱里的东西，也得先把箱子里的东西拿出来，因为只有你有资格打开保险箱。我问过了，流程是这样的，你需要先在大连办一个继承你妈妈财产的公证书，然后拿着公证书和你妈妈的死亡证明去开保险箱，再把东西交给我们。"

　　我耐着性子听完了吴奎学的啰唆，尽量压住心中的火气："好的，就按你说的流程办。现在可以开始说了吧？"

　　"可以，可以。"吴奎学忙不迭地点头道。

　　随后，吴奎学和吴奎蓉分别回忆了一些我妈妈的往事。我并没有从他们口中得到自己想要的信息，不免有些失望。他们讲的多是我妈妈童年时期的事情，而且他们的记忆比较模糊，所讲的事例也特别简单、笼统。不知道是因为时间过去太久了，还是原本他们俩和我妈妈的关系就不是太亲密，我很难通过他们的描述把妈妈以前的形象具象化。

不过，他们兄妹二人都说我妈妈是一个非常迷信的人。这和实际情况是有出入的，我妈妈作为一名医务工作者，是绝对的唯物主义者。

我和吴氏兄妹的交谈结束后，吴奎学貌似热情地邀请我去他家做客，被我回绝了，也拒绝了他要顺路载我和路沉地去公交车站的提议。我实在太反感他们兄妹俩了，反感到不愿意多看一眼他们的丑陋嘴脸。

不过，为了兑现自己之前的承诺，我给吴氏兄妹留了电话，还和吴奎蓉互加了微信，答应会按照他们说的那个流程打开妈妈留下的保险箱。

和吴氏兄妹分别时，吴奎学委婉地提出，希望我能抓紧时间办理开启保险箱所需要的那些手续，我不耐烦地应了一声："嗯。"

吴奎学一改初见我时防贼一样的态度，对我一个劲儿地道谢。望着载着吴氏兄妹的小轿车渐渐走远，我心情也跌落至谷底，这次威海之行，恐怕要空手而归了。

路沉地在一旁安慰道："和他们这种人犯不上生气，

别影响了自己的心情。"

我苦笑了一下，没吭声，看到路沉地脸上又是油光满面，我拿出一张面巾纸轻轻地为他擦掉了脸上的油腻。随后我们一路无语，徒步回到 3 路公交车终点站，准备坐公交车返回威海市内。

在 3 路公交车终点站对面有一个小亭子，我信步走过马路，来到小亭子里面朝大海眺望远方。此时，已经快到下午五点，金黄色的夕阳正缓缓落下，海面上波光粼粼，海风不时吹打在脸上，冷飕飕的，更冷的地方在心里。

路沉地站在我身后一言不发。他知道我在心情不好的时候喜欢清静，最烦别人在一旁叽叽喳喳地说个没完，这是我们俩多年来形成的默契。

这时，身后传来一辆 3 路公交车进站的声音。我转过身来和路沉地一起过马路，走到马路中央时，从我们刚才来的方向疾驰来一辆黑色的奥迪 A6 停在我和路沉地面前，直接挡住了去路。

奥迪 A6 驾驶一侧的车门迅速被推开，跳下来一个气质儒雅的中年妇女。

"请问你是林晶文的女儿吗？"中年妇女急促地冲我问道。

在得到我肯定的答复后，中年妇女疾步绕过车头，来到我的面前，把我从头到脚，仔仔细细地打量了一遍。

她的目光很慈祥，却透着一丝异样，那种异样的感觉就仿佛我是一个冒牌货一样。

中年妇女又重复问了我一遍："你真的是林晶文的女儿？"

我再一次肯定地回答了她。

"听说晶文已经去世了？"中年妇女的眼圈红了，带着哭腔问我。

我简单说了一下妈妈的死因，中年妇女听完后掩面而泣，边哭边骂道："这个坏丫头。"搞得我和路沉地面面相觑。

中年妇女的车子停在马路中央挡住了出站的 3 路公交车，公交车司机不停按着喇叭。中年妇女不得不调整了一下情绪，折回到车里给公交车让了路。

路让完了，中年妇女没有下车，而是探出头来用不容置疑的口吻喊我和路沉地上车。我们不明所以，只好依言行事，中年妇女特意喊我坐到副驾驶的位置上。

"孩子，我是你云姨，是和你妈妈从小一起长大的姐妹。"

云姨见我一脸茫然，又追问道："你妈妈从来没和你提过蔡晓云这个人吗？"

我摇了摇头。

云姨愤恨地说道："你妈妈心真狠，走了一次也没回来过，也不和我联系，临了也没能回靖子看一眼。"

云姨说着又抽泣了起来，能看得出来她和我妈妈的感情很深，这让我对她这个初次见面的人感觉很亲切。

云姨这次是回娘家探望，意外得知我来了，就赶紧追了出来。云姨平复了情绪后就载着我和路沉地去她位于市内的家，还让我们晚上住在她家里。我觉得肯定能从云姨那里了解到更多的有关我妈妈的信息，欣然同意了云姨的邀请。

一路上云姨详细询问了我妈妈这些年来的情况，还问了一些我个人的情况。当得知我妈妈一直从事护士工作时，她也是一脸的诧异。在一个路口等红灯时，云姨望着后视镜里的路沉地笑着问我："这个小青年是你男朋友吧？"

我迟疑了一下，回答道："噢，不是的，他就是我一邻居，专门保护我安全的。"

我说完后，忍不住也朝后视镜瞟了一眼，里面的路沉地似乎有些不满，撇了撇嘴。

云姨朗声笑道："真是中国好邻居啊！到这么远的地方来保护你。"

车子开了半个多小时后在一栋居民楼前停下，我们下车时天色已经暗了下来，云姨的家就在这栋楼的二楼。

云姨的爱人出差了，儿子在济南上大学，家里只剩云姨一个人。

云姨一回到家就在厨房忙碌起来，我不会做饭也插不上手，就和路沉地在屋子里瞎转悠。云姨家是二室一厅，陈设比较简单，面积能有八十平方米左右，不太大却很温馨。

我在客厅的高低柜上看到一本相册，随手拿下来翻看起来。相册里的照片不少，而且大多数都是老照片，以云姨一家三口的照片为主，有黑白的，也有彩色的。在相册的倒数第二页，我看到了一张妈妈和云姨的合影。

照片是彩色的，里面的妈妈和云姨都很年轻，看起来和我现在的年纪差不多。她们两个人穿着厚厚的棉袄手拉手站在一起，她们身后的背景是一座我不知道名字的古建筑。

我拿着相册来到厨房向云姨询问那张合影的情况，云姨望着那张照片说道："这张照片是一九九三年春节我和你妈妈在环翠楼下面照的。"

我的目光落在云姨的脸上，脑子里却在想别的事情，云姨接下来说的话一句也没能入耳。

"孩子，你怎么了？看着心事重重的。"

云姨伸出一只手在我眼前晃了晃，我这才回过神儿来，连忙掩饰道："没有什么，就是有点想妈妈了。"

云姨轻轻地把我揽到她的肩头，我也很享受这种感觉，就像伏在妈妈肩头一样。

我急于早点听云姨讲述我妈妈以前的事情，吃过晚饭后，我命令路沉地去洗碗，强拉着云姨在客厅的沙发上坐下来。

　　云姨在一旁连说："不着急，时间有的是。"又起身去厨房把路沉地推了出来，她自己亲自刷完碗后又洗好了水果，这才和我们坐到一起，开始了对我妈妈的追忆。

　　云姨的回忆很具体，我妈妈过去的形象越发鲜活地呈现出来。云姨的讲述是按照年份的推进，用类似流水账的方式进行的，当讲到一九九四年八月份的时候，终于迎来了高潮部分。

第五章 魔 咒

一九九四年八月十二日星期五，是晶文值班护校的日子。上午十点多，她接到村里打来的电话，说她父亲林学峰在家修房顶时不慎跌落，摔到了头部，正在医院抢救，让晶文火速赶到威海卫人民医院。

晶文知道，村子里的人生病一般都去镇上的小医院，只有大病才去市内的大医院。看来这次她父亲伤得一定很严重。放下电话后，晶文顾不上和一起值班的同事打声招呼，径直冲出了值班室。

当晶文飞奔到校门口的时候，和一个人迎面撞了个满怀。晶文瞥了那人一眼，发现是和晶文一起分配到实验中学的大学同班同学程浩。晶文和他虽说是同学，但素来关系不好。

晶文这个人的性格特点是如果讨厌或者不喜欢某个人，在平时生活中不会和这个人说一句话。程浩就是晶文讨厌的人，所以当他问晶文急匆匆的这是要去干嘛时，晶文没理他，径自走了。

晶文有一种不祥的预感，隐隐觉得父亲这次的情况可能会很糟糕。以她的经验来看，每次遇到大事之前，如果碰到了自己厌恶的人，事情的结局多半不会太好。晶文高考的时候，为了避免在去参加考试的路上碰到不喜欢的人，特地在考场附近订了旅馆住了三天，最终考上了大学。程浩当天并没有值班任务，却出现在晶文的视线里，晶文觉得这不是一个好兆头，她一直都自认为自己的预感很准。

学校和威海卫人民医院同在市内，打车一会儿就到了。胡思乱想了一路的晶文下车时，腿都在不住地发抖。晶文的那些不好的预感最后果然得到了应验，当她赶到抢救室时，里面已经没有了医生和护士，只看到躺在病床上奄奄一息的父亲林学峰，还有一旁叹息不止的村长和几个靖子村的村民。

村长见晶文来了，赶紧让她和林学峰最后再说说话，之后就和其他人出去了，抢救室里只剩下晶文和林学峰两个人。

晶文慢慢走向父亲，不敢相信眼前的一切是真实的，眼泪不由自主地流到脸颊上。她早上出门时父亲还是好好的，现在竟然要走到人生终点了，这太令人难以接受了。

林学峰头上缠着的绷带已经被血浸成了鲜红色，脸上和衣服上也有不少血痕。他微闭双眼，大口大口地喘着粗气，肚皮剧烈地起伏清晰可见。

晶文哭着轻唤了一声："爸。"

林学峰缓缓睁开了双眼，十分费力地抬起右胳膊伸向晶文。晶文连忙俯下身子，双手接过父亲的右手放到自己的脸上。

林学峰轻轻地为晶文拭去脸上的泪水，有气无力地说道："晶文，别哭，爸有两件事要交代给你，你要好好听着。一件是关于你妈妈的，另一件是关于咱们家祖传的那幅古画的。以前你总问我为什么你没有妈妈，其实你有妈妈的。你妈妈叫何英姿，是文登江山泊人，你和你妈妈长得几乎一个样儿……"

林学峰越说越慢，越说越吃力，声音也越来越小，晶文不得不把一侧耳朵紧贴到他的嘴边。能明显感觉到林学峰的气息越来越弱，到后来已经说不出话了，尽管张着嘴巴，却只有出气没有进气。

林学峰最终还是走了，两件事一件也没交代完就去世了。不过，在晶文心里，和失去父亲所带来的伤痛相比，那两件事不值一提。晶文伤心欲绝，撕心裂肺的哀号声响彻在抢救室里。

林学峰的后事是村里帮着操办的，晶文像一具行尸走肉一样参与其中。从林学峰去世那天开始，作为从小一起长大的姐妹，我一直陪着晶文。我们俩从早到晚，吃喝拉撒都在一起，几乎一天二十四小时形影不离。

半个月之后，晶文的心情渐渐平复了下来，离新学期开学没剩几天了，晶文迫不及待地希望早日投入新学期的教学工作中去。

一天吃过晚饭后，我和晶文对坐在她家正堂的椅子上闲聊。我问晶文，林学峰临终前都对她说了什么话，晶文据实相告。

我第一次听说晶文家里还有祖传的古画，顿时来了兴致，非要她拿出那幅古画给我看。那幅古画晶文以前看过好几次，知道放在什么地方，很快就找出了装画的锦盒，将画小心翼翼地取出，交到我手里。

古画整体是一个长方形的，长约四十厘米，宽约三十厘米。所用的纸外观呈深青色，纸质厚重，且纸面上纹路纵横交错、斜侧错落，并不是一般的宣纸。画的中心位置是一个"廿"字，比较奇怪的是，"廿"字中间的口是镂空的，不知道是什么寓意。在"廿"字的周围是一圈对称排列的古代汉字，一共有十二个字，有一个看起来像豆芽一样的字在"廿"字的正上方，在画的下方是密密麻麻的数行外文字母。

我举着古画目不转睛地端详着，好奇地说道："这幅画看着有年头了，可是上面怎么会英文字母呢？"

晶文笃定道："这不是英文，但我也不确定是什么文字。"

"那又是谁写在上面的呢？难道这幅画是一个外国人画的？"我又问。

晶文笑了笑，不置可否。

我接着好奇地说道："晶文你注意到没有，这些字母前面的几行和最下面的两行字体大小不太一样，像是不同的人分别写上去的。"

晶文把画接了过去，仔细瞅了瞅，发现果然像我说的那样。

"晓云你说得没错，而且两种墨的颜色也略有差别？最下面两行字的墨色和那个'廿'字的墨色是一致，说明是同一个人写的。"

我插话道："经你这么一说，那十二个古代汉字又是一种墨色，说明这幅画不是外国人画的，但是至少经过了两个外国人之手，而且画上的这些字母很可能是那两个外国人做的标注。"

晶文十分赞同我的说法："很有道理，只是这幅画最后是怎么落到我家先祖手里的就不得而知了。"

我苦笑了一下，没再吭声。

过了一会儿我又开口道："或许这幅古画上面的图案有一定的寓意，咱们可以试着解读一下，廿我知道是二十的意思。那一圈古代汉字又是什么意思呢？"

我和晶文慢慢地辨识出了其中的两个字：酉和寅。并由此推导出那十二个古代汉字是：子丑寅卯辰巳午未申酉戌亥。那个在"廿"字正上方像豆芽一样的字是子。

就在我和晶文绞尽脑汁对那幅古画尝试着进行各种解读时，院外响起了敲门的声音。晶文连忙让我出去开门，她自己则用最快的速度将古画装进锦盒里放回原处。

少顷，我领着一个中年女人来到正堂。晶文仅仅是粗略地瞅了一眼就能看得出来，中年女人眉宇之间和她颇为相似。那个中年女人一见到晶文就双眼噙满泪水，一只手捂着嘴巴抽泣了起来。

晶文此时有一种强烈的预感，眼前这个中年女人就是她的妈妈何英姿，不由得觉得浑身上下血脉偾张，情不自禁地一个箭步冲到中年女人的面前。

岂料，中年女人急忙后退了几步，并且连连摆手示意晶文不要靠近她。晶文一下子蒙了，呆在那里茫然地不知所措。

过了片刻，中年女人平复了情绪之后才娓娓道来。她果然就是晶文的妈妈何英姿，她已经得知了林学峰去世的消息，因为马上要到日本定居了，决定临走前见晶文一面。更重要的是，何英姿不确定那件事林学峰有没有告诉晶文，若是晶文不知道的话日后将会有大麻烦。从何英姿的口中，晶文终于知道了父亲临终前要告诉她什么了。

"我和你一样，也没有妈妈。一九七二年春天，你爸爸亲自去江山泊向我家提亲。你姥爷对你爸爸说：'娶我闺女可以，但有些丑话要说在前头。英姿的母亲当年告诉我，她这一系有一个魔咒，母亲生完孩子后不能和孩子在一起，不然孩子就会死。我开始并不相信天底下竟会有这样的事情，英姿母亲生完英姿的当天晚上就动身回黑龙江老家了，无论我怎么劝阻都没用。此后再没回来过。我当时觉得英姿母亲疯了，刚生完孩子身子那么弱连月子都顾不得做就离开孩子。事实证明，英姿母亲的决定是有道理的。一九五八年九月末，英姿母亲去世，我带着九岁的英姿去黑龙江奔丧。东北那个地方冷得早，英姿又是第一次去，很不适应，在路上就冻感冒了，英姿原本就有鼻炎，一路上一直不停地打喷嚏。英姿母亲在嫁给我之前还结过一次婚，有一个儿子，比英姿大三岁，一直和父亲生活在吉林长春。英姿这个同母异父的哥哥也去参加了英姿母亲的葬礼。那是他们兄妹俩第一次见面，也是唯一的一次相见。兄妹俩刚见面的时候，英姿哥哥还生龙活虎的，可不一会儿就突然昏倒，紧急送到医院后也没能醒过来，就那么死掉了。我这才意识到，英姿母亲说的那个魔咒是真实存在的，不仅母亲和子女不能在一起，子女之间也不能在一起。英姿若是嫁给了你，以后有了孩子也不能在一起生

活，你能接受吗？'

"你爸爸对你姥爷所说的事情不以为然，坚决要娶我。我虽说对于那个魔咒也是将信将疑的态度，但后来还是决定嫁给你爸爸。我们结婚后不久我就怀孕了，一九七三年四月，我生下了一对双胞胎女孩儿。为了保险起见，我决定先把两个孩子分开，我自己带一个，你爸爸带一个。结果仅仅过了一天，我亲自带的那个孩子就死掉了。这下更坐实了那个魔咒，我被迫一个人回到江山泊。

"你奶奶本来就对我生了两个女孩儿不满意，知道了那个魔咒的事以后更是强烈要求你爸爸和我离婚。在你一岁的时候，我和你爸爸正式办理了离婚手续。这就是我刚才为什么不敢让你靠近的原因，真的很危险。我现在告诉你这些是要让你知道，我当年面对的魔咒，你以后恐怕也要面对，你要有思想准备。"

这是个令晶文万分沮丧的消息，那个魔咒足以毁掉她的人生。如果不能和自己的孩子生活在一起，那她的爱情呢？准确地说，她今后还能有自己的爱情吗，又有哪个男人愿意接受她这样的女人呢？

何英姿由于当晚就要坐车去青岛，再从青岛坐飞机去日本。碍于时间相当紧迫，尽管心中也十分不舍，但待了没多会儿就哭着离开了。

何英姿走了以后，晶文一个人情绪低落地坐在椅子上发呆，见晶文始终低着头默不作声，我好几次和她搭话，她都没回应。尽管晶文心里也明白，我是想用和她说话的方式来分散她的注意力，可她当时心乱如麻，哪里有心情和我闲聊，始终沉默不语，自顾自地想着心事。看她一直不应声，我只好也收了口，不再说话了。

第六章　老　周

　　见云姨停止了讲述，我轻声问道："后来呢？"

　　"后来，你妈妈因为那个魔咒主动和她喜欢的男人一刀两断。接连失去两个最亲近的人，让你妈妈万念俱灰，以至于产生了离开威海的想法。她知道我有个舅舅当时是威海市的副市长，就拜托我通过我舅舅的关系把她的工作和户口调到了大连。"

　　我插话道："原来我妈妈是通过您的关系来的大连，那幅古画我妈妈也一起带到大连了吗？我对那幅古画没有任何印象。"

　　"你妈妈当时并没有带走那幅古画，正巧那阵子新威信用社刚刚开展保险箱业务，你妈妈就把那幅古画寄存在新威信用社的保险箱里，现在应该还在那里。"

　　吴氏兄妹觊觎的那个保险箱里果然存放着那幅古画，我在心里暗想。

云姨思忖着问我："孩子，通过刚才阿姨说的那些话，你觉没觉得有什么不对劲儿的地方？"

我不明所以，有些茫然地摇了摇头。

云姨接着说道："按照那个魔咒的规律来看，你好像不应该和你妈妈生活在一起的，你确定你是晶文的亲生女儿吗？"

话一出口，云姨马上意识到有欠妥之处，急忙又改口道："也可能是我多心了，也许在你妈妈身上那个魔咒根本不起作用。"

我恍然大悟，原来云姨纠结的是这个问题，也难怪初见我时她一直用怪异的眼神盯着我。其实我心中早有这个问题的答案，只是在这里不便多说什么。遂只是笑了笑，没吭声。

这时，云姨主动转移了话题，问我手机里有没有我妈妈的照片。我把手机相册调出来后递给她。

云姨一张一张滑着看，只要照片里有我妈妈，她都看得很慢，也很认真。看着看着，云姨的眼泪滴落在我的手机上，受她的感染，我在一旁也跟着红了眼圈。倒不是因为云姨和我妈妈深厚的姐妹情意，而是我又开始想妈妈了。

云姨看完了我手机里所有的照片后，将手机交还给了我，同时感慨道："二十多年没见，你妈妈老了，我们都老了。"

我接过手机后刚要张口问云姨有关我妈妈当年喜欢的那个男人的情况，却听到从外面传来了钥匙开门的声音。

房门被打开后，走进来一个中年男子，中年男子有着一头茂密且黑白相间的头发，戴着眼镜，手里提着一个拉杆箱。

云姨问他："老周，你怎么提前回来了？"

老周把手里的拉杆箱放到门口的鞋柜旁，一边换拖鞋一边回答道："会议提前结束了。"

中年男子换完拖鞋后，望着我和路沉地向云姨问道："家里有客人啊？"

我和路沉地已经不约而同地站了起来，等待着云姨接下来的引见。其实这个老周一进门，我就知道他是谁了，因为我在云姨家的相册里见过他，他是云姨的爱人。

云姨站起身来热情地为我们互相做了一下介绍。老周定定地望着我，全然忽略了我身旁的路沉地。我被老周盯着有些不好意思，慢慢低下了头。

云姨见状连忙推了老周一把，然后转身对我说道："你妈妈当年那个喜欢的男人就是我家老周，关于你妈妈的事，他知道得也不少，接下来就让他给你们讲吧。"

随后云姨简单地把情况向老周介绍了一下，我在稍感意外的同时，也在一旁注意观察老周的面部表情。当他听说我妈妈已去世的消息后情绪明显低沉了下来，脸上的表情先是一点点凝固，过了好一会儿，上面的褶皱才慢慢舒展开来。

老周又沉默了片刻后才在我身旁坐了下来，面色凝重地对我说道："那好吧，我就把我知道的事情全都告诉你。"

第七章　命　锁

一九九三年的时候，我还在威海水产研究所工作。那年三月末，我作为技术员，被派到孙家疃镇靖子村去指导当地村民养殖新品种扇贝，为期半年。

我白天在海上工作，晚上村里安排我寄宿在蔡大爷家。蔡大爷有一儿一女，儿子和儿媳在日本出劳务，家里只有蔡大爷和蔡大娘还有女儿蔡晓云三个人。

七月中旬的一个星期五，下午收工后我刚随船回岸，就遇到了早就在岸边等候的村会计刘哥。他告诉我，我爸爸下午给村委会打来了电话，说是家里有急事，让我回岸后马上给他单位去电话。我不自觉地猜测，一定是我八十多岁的奶奶出什么事了，她老人家身体一直不好。

刘哥亲自开三轮拉我回村委会，一进村委会，我心急火燎地走到电话机旁，按照爸爸单位的电话号码拨打过去，电话接通后传来爸爸的声音："喂。"

"爸，家里出什么事了？"

"你这个星期天回家一趟吧。"

"什么情况？"

"你大姨给你介绍了个对象，你回来见一下。"

我听说是相亲的事情，心里的石头总算落了地，同时生出一股无名火来。

我埋怨道："爸，您以后别再为这种小事儿专门给我打电话了，我还以为家里出什么事儿了。"

"这还叫小事儿？你再过年就二十九了，我像你这么大的时候，都有你姐和你两个孩子了。"爸爸在电话里反驳道。

"你自己不着急，也得为你奶奶想一想，她总念叨，这辈子只要能看你娶上媳妇，她死也……"

我不愿意听爸爸在这个问题上唠叨，直接打断了他的话："爸，您别说了，反正我不见。"

话一说完我直接挂掉了电话，放下电话后，我仍然心绪难平。脑海里自动浮现出三年前的一幕画面，但画面刚一呈现出来就被我强行掐断了。我还是没有勇气面对那一幕，那已经成了我一生都挥之不去的梦魇。

当我回到蔡大爷家的小院时，饭菜已经摆到院中央的桌子上了。蔡大爷一家围坐在桌子旁正等候着我。

我注意到蔡晓云身旁坐着一个我以前没见过的姑娘，

看着年纪和蔡晓云差不多，一脸的书卷气，梳着齐耳短发，一个蓝色的发卡精巧地别在头顶上。

蔡大爷连连摆手让我快坐下来吃饭。待我走到桌子前，蔡晓云拉着那个姑娘一起站起来，兴冲冲地为我们引见："周胜哥，我来给你们介绍一下。她是林晶文，我们村的高才生，放暑假回来了；晶文，他就是上面派来帮咱们村养扇贝的周胜哥。"

林晶文礼貌地朝我微微颔首，我微笑着点头回应，算是打过招呼了。

林晶文这个人我早有耳闻，是靖子村出的第一个大学生。今日得见，此人无论是气质、仪态还是举止都超然于村子里其他年轻女孩儿。

我去厨房洗了洗手，然后过去和大家伙儿一起吃饭。我看到放在自己面前的是一碗米饭，而其他人手里都拿着馒头，知道又为我单独开了小灶，心里很是过意不去。大米在这里很金贵，平日里村民们一般都吃面食，大米只是偶尔用来做粥，根本不舍得吃米饭。我来住的这几个月，蔡大爷一家知道我习惯吃米饭，没少给我做米饭吃。

"蔡大爷，以后不用单独为我做米饭，吃馒头也一样的。"我说道。

蔡大爷只是一个劲儿地干笑，不搭我的话茬，他一贯如此。

林晶文看起来和蔡大爷一家就像亲人一样亲热，没有任何拘束，一起吃饭时谈笑风生的，倒是我在生人面前吃饭有些不自在。

饭吃完了，蔡晓云和林晶文开始收拾碗筷，我起身想要帮忙却被蔡大爷一把拦住。

蔡晓云一边收拾一边问我："周胜哥，后天我和晶文出海钓鱼，你去不去？"

我正好也打算去附近海域察看水质情况，欣然接受了蔡晓云的邀请。

转眼到了星期天，恰巧赶上了风和日丽的好天气。蔡晓云亲自开着她家的渔船拉着我和林晶文出海。按我的要求，我们的船在驶出近海之后转弯往偏南的方向开出了很远，来到了一片我从未到过的海域。在那片海域里我没看到一个扇贝养殖筏，而且通过目测就能看出水质较差。

我问蔡晓云："这里是哪儿？"

蔡晓云："这里是丰贝镇的海域。"

我："这里主要养殖什么？"

蔡晓云回答："丰贝镇养虾，前几年他们和周围的乡镇一样也养扇贝，后来他们嫌养扇贝利润小，去年就改成养虾了。"

我说道："最近我在水质监测中发现多项指标超标，看来问题的根源就在这里了。临近几个乡镇的海域本身并

69

不适合养虾，因为养虾用的虾池需要每天换水，所以每天都有大量污水排入海中，污水里带有大量粪便、残饵、氨氮、尿酸、尿素和其他含氮化合物，对水质有极大的破坏作用。"

蔡晓云不无担心地问道："那怎么办啊？"

凭我个人的力量很难改变眼前的现状，只能先拿到证据后再向有关部门逐级上报。我用事先准备好的塑料瓶提取了丰贝镇海域的海水。

正当我们准备驾船离开时，我们三个人几乎同时看到不远处有几条渔船向我们这边快速驶来。

"一定是丰贝镇看海的那帮人。"蔡晓云嘀咕了一声就要发动渔船，被我上前一把拦住。

我："先别走，不要让他们误以为咱们是来盗捕的。"

于是，我们三个人坐在船上，静观那几条渔船的迫近。

那几条渔船靠近后迅速把我们的船围在中间，一个赤膊壮汉凶神恶煞般向我们吼道："你们哪里的？来这里干什么？"

"孙家疃的，来这儿钓鱼。"蔡晓云不卑不亢地回答。

壮汉的目光在我们的船上快速扫了一遍，可能是看到船上除了钓鱼竿之外什么也没有，确实不像是来盗捕的，口气也缓和了下来："既然是孙家疃的，就回你们孙家疃的海边钓鱼，快走。"

"都是乡里乡亲的，说话这么不友好，你这是在撵谁呢！"蔡晓云回击道。

我不想多生事端，赶紧和林晶文一起劝说蔡晓云驾船离开了。蔡晓云坐在船头开船，我和林晶文对坐在她身后的船板上。由于彼此还不是很熟悉，我和林晶文没什么话说，好在蔡晓云不时回头和我们聊上一两句，气氛不至于太尴尬。

回到孙家疃镇的近海海域后，我们的船停了下来，蔡晓云和林晶文开始钓起鱼来。她俩背对着背，面朝相反的方向，相互之间不再闲聊了，专注于各自手中的鱼竿。我对钓鱼没什么兴趣，静静地给她们当观众。

蔡晓云和林晶文很快就显露出钓鱼高手的本色，没过多长时间，两人的水桶里就扑腾着各种鱼类。又过了一会儿，林晶文那边慢慢没了动静，好半天也没钓上来一条鱼。

只见林晶文低着头一动不动，从侧面看很像是睡着了。我轻轻挪动了一下身子，探头朝林晶文望去，发现林晶文果然是睡着了。蔡晓云觉察到了我的异动，回头看了一眼。

我用手指了指林晶文，轻声对蔡晓云说道："她睡着了。"

蔡晓云的脸上露出狡黠的笑容，她收起钓鱼竿后轻轻地放到船板上，又悄悄地起身，慢慢摸到林晶文身旁，睡梦中的林晶文毫无察觉。

看蔡晓云这副架势是要搞恶作剧，我坐在一旁大气不敢出一声，生怕坏了蔡晓云的"好事"。

就在这时，可能是林晶文已进入沉睡状态，手中的钓鱼竿居然慢慢脱了手，眼瞅着钓鱼竿就要落入海中。一旁的蔡晓云眼疾手快，下意识地伸手去抓钓鱼竿，却晚了一步，非但钓鱼竿没抓住，蔡晓云还因为用力过猛，整个人一头栽进海里。

蔡晓云的落水激起了一大片浪花，闹出了非常大的声响，熟睡中的林晶文也被惊醒了。这一切来得太突然，我还没来得及做出反应，海中的蔡晓云已然凭借其良好的水性游到船边了，我赶紧上前和林晶文一起把蔡晓云拉回船上。

蔡晓云浑身上下都湿透了，夏天女孩子本来穿得就单薄，加上蔡晓云的上衣是白色的，湿透了以后变成了透明的，紧紧地贴在皮肤上，里面的内衣清晰可见。我有点不好意思，不自觉地把脸转向一边。

就在我站在那里不知所措的时候，听到林晶文发出了一声惊叫，她在帮蔡晓云整理衣服时，发现蔡晓云脖子上的命锁不见了。

蔡晓云脖子上的命锁和一般的长命锁没什么区别，但是靖子村戴命锁的习俗非常独特。靖子村的孩子在过百天的时候，都会由大人抱着到村口的龙王庙里请命，请命的意思就是戴命锁。孩子戴上命锁后一般就不轻易摘下来了，要一直戴到结婚时，才能摘下命锁扔进大海里，寓意感谢龙王多年来的保命，还命于大海。如若在结婚之前丢失命锁那就意味着命不久矣，在我看来这完全是封建迷信，在当地却非常有市场。

令我备感意外的是，蔡晓云对于命锁的丢失不是很在意，反倒是作为大学生的林晶文紧张得不行。要不是我和蔡晓云奋力阻拦，林晶文当即就要跳进海里寻找命锁，蔡晓云落水的地方海水深度接近二十米，贸然下水是非常危险的。

我们参照标志物记下了蔡晓云落水时的大体位置，船靠岸后林晶文第一个跳下船，一溜烟地跑回村里通报蔡晓云命锁落海的消息。

帮蔡晓云找回命锁很快成了靖子村的头等大事，村长亲自组织村里的青壮年一起在蔡晓云落水海域附近拉网打捞，可一连打捞了两天，却一无所获。村长无奈之下只好暂时中止了打捞，琢磨其他办法去了。蔡大爷为此成天愁眉不展的，蔡大娘更是急病了。

我虽然不相信迷信，但也是看在眼里，急在心上。于情于理，于公于私，我都应该帮助蔡大爷一家。其实我是有办法的，不过，我也有自己的苦衷。经过一番痛苦纠结后，我终于下定决心，无论如何都要为蔡晓云找回命锁。

蔡晓云丢失命锁后的第三天上午，我悄悄回到位于市内的家中。我从自己的床底下翻出了那个已经尘封了三年的潜水装备箱，简单拍打了几下上面的灰尘，就马不停蹄地赶往靖子村。

等我提着潜水装备箱来到靖子村的码头时，看到码头聚集了许多村民，不远处的海上有六七条靖子村的渔船正向远海驶去。我上前了解了一番才得知，林晶文这两天一直为蔡晓云的命锁掉入海里的事自责不已，总说要不是她当时睡着了，蔡晓云也不会落水，更不会丢失命锁。当天早上，林晶文的父亲林学峰大爷睡醒后没看到林晶文，当时他还没太在意。林大爷一个人吃过早饭后来到码头，发现自家的渔船也不见了，顿时意识到情况不妙，判断林晶文肯定是私自驾船出海找命锁去了。

林大爷赶紧向村长报告情况，村长亲自带着几个人出海寻找，远处那些渔船就是村长他们驾驶的。我知道情况已然非常紧急，用最快的速度换上潜水服后，坐一位村民的渔船去追赶那几条找人的渔船。

村长他们几个率先来到蔡晓云当时落水的那片海域，我坐的船随后赶到。蔡大爷和蔡晓云站在其中一条渔船上，村长和林大爷站在另一条渔船上。林晶文家的渔船静静地停在不远处，上面没有人。

74

焦急万分的大家伙儿看到我身上穿着专业的潜水服都惊喜不已，蔡晓云激动地向我呼喊："周胜哥，你快下去看看吧，晶文刚才从船上跳了下去。"

容不得多想，我摘下眼镜戴上面罩后，立即垂直身体跳入海中。

三年没有潜水了，水下的一切看起来是那么陌生，又是那么熟悉。我仿佛又回到了三年前的那个夏日，我和女友兼同事戴丽娜一起进行潜水作业。我们经常一同下水，然后分开作业，最后再一起浮出海面。潜水对我们来说如同呼吸一样简单，一起下水作业的次数多了，难免让我们在水下对彼此可能出现的安全隐患失去警惕。那次，当我发现戴丽娜被她自己的潜水气管紧紧地缠住脖子时，一下子慌了神儿，下意识地抽出了臂刀。可是，怎么可以用臂刀去割潜水气管呢？在慌乱中，我连最基本的潜水常识都忘了。虽然后来我拼尽全力为戴丽娜解开了缠在脖子上的潜水气管，然而一切都太迟了，我就那么眼睁睁地看着女友在自己的面前失去生命。

我在水下很快发现了林晶文的身影，她戴着潜水镜正用扎猛子的方式使劲儿往水下钻，这注定是徒劳且危险的，我必须马上阻止她。我快速潜到林晶文身旁，用一侧肩膀驮住她的身体。

说来奇怪，在触碰到林晶文身体的那一瞬间，我产生了一种错觉，觉得被自己驮在肩膀上的人是戴丽娜。林晶文有些抗拒，在和我一起上升的过程中，不停地扭动着身体。

我带有一种特殊的使命感驮着林晶文回到了海面，众人迅速将林晶文拉回船上。我心里有一种说不出来的畅快，好像三年来压在心头的大石头一下子被卸掉了一样。

紧接着，我又潜入海底摸索了许久，最后终于找到了蔡晓云的命锁。在当地村民眼里，我这次是救了两个人的命，我一下子成了靖子村的英雄。实际上只有我自己心里清楚，真正得到救赎的是我的心灵，我终于释然于过去的阴影了。

那天晚上，躺在被窝里，我久久不能平静下来。脑子里总是出现林晶文的身影，这三年来从没有哪个女孩儿能让我如此挂心。我很感激林晶文，可是除了感激之外，对这个女孩子我似乎还萌生了一些说不清楚的感觉。

翌日收工后，林大爷请我到他家里吃晚饭。之前我还从没去过林大爷家，林大爷领着我来到他家时，林晶文和蔡晓云已经做好了一大桌子菜，还专门为我做了米饭。

吃饭时，林大爷不停地为我倒酒、夹菜。他很能劝酒，我渐渐感觉有些吃力。蔡晓云见状拿了个酒盅和林大爷对酌了几杯，算是替我解了围。林大爷的酒量看起来不小，当他又准备向我发起"攻击"时，林晶文已经不知什么时

76

候把他的酒壶拿走了。

林大爷眼见林晶文和蔡晓云开始动手收拾桌子了，无奈地抿了一下嘴唇，意犹未尽道："下次再喝，下次再喝。"

收拾完桌子后，蔡晓云饶有兴趣地对我说道："周胜哥，我带你看一下我们村的骄傲吧。"蔡晓云说着就拉我来到林晶文住的那间屋，只见屋子里的墙上贴满了各种奖状。

面对那些奖状，我托了一下鼻梁上的眼镜，一张一张地仔细看了起来，嘴上禁不住赞叹道："果然是靖子村的骄傲啊。"

正说话的工夫，林晶文也跟着进了屋，这时我在一张奖状上有了意外的发现。

"原来咱俩还是校友呢。"我笑着对林晶文说道。

林晶文瞪大双眼问我："你也是威海一中的？"

我点了点头道："我初中和高中都是在威海一中念的。"

林晶文："我高中是在威海一中读的，你是我的师兄。"

我和林晶文很自然地聊起了有关威海一中的趣闻和近况，两个人的距离一下子拉近了不少。我和林晶文聊得热火朝天，无意中冷落了一旁的蔡晓云。蔡晓云总也插不上话，最后气恼地说道："你们两个高才生慢慢聊吧，我这个村姑要回家喂猪了。"

蔡晓云一转身出去了，我和林晶文也停止了聊天。我俩相视一笑，谁也没有出去追蔡晓云。我们两个人站在原地一动不动，也不知道该说什么好了。彼此沉默了一会儿，林晶文才低着头红着脸轻声说道："昨天谢谢你啊。"

我不假思索道："昨天要谢谢你。"

林晶文莞尔一笑："这事儿还有客气的啊？"

我严肃地道："不是客气，是真心谢谢你。"

林晶文一脸疑惑地追问："谢我什么？"

我顿了一下，说道："这个嘛，以后再告诉你。"

接下来我们俩又是一阵相对无言，却并不尴尬。就这样单独和林晶文待在一起，让我心里有一种形容不出来的惬意。只不过，这种惬意的感觉持续的时间太短暂了。

"你们俩可真行，都不出来追我，太不把我当回事儿了。"蔡晓云又折了回来，站在门口气鼓鼓地埋怨。

林晶文快步迎上去和蔡晓云嬉闹起来，我有一点点失落，心不在焉地杵在那里。

自从和林晶文熟络了以后，很多事情都有了微妙的变化。我下午收工后，每次走在回蔡大爷家的路上，心里都有一点小小的悸动和期待，我盼望着林晶文能在蔡晓云家吃晚饭。林晶文和蔡晓云虽然几乎每天都黏在一起，但有时候蔡晓云会在林晶文家吃晚饭，那样我就一整天没机会见到林晶文了。

白天在海上工作的时候，我也经常开小差，无法做到心无旁骛，脑子里总是自然而然地想起林晶文。我希望每天都能见到林晶文，我想自己是喜欢上她了吧。对此我很苦恼，也非常讨厌无法安心工作的自己，迫切地盼望着有什么事情能转移一下自己的注意力。

进入到八月份之后，天气愈加炎热，扇贝养殖区里的水温和 pH 值连续多日居高不下，水质情况非常糟糕。扇贝笼里的附着物也明显增加，这些都是要发生赤潮的前兆。

靖子村原来一直养殖栉孔扇贝，一九九三年才改养外来品种墨西哥湾扇贝。墨西哥湾扇贝具有生长周期短、易养殖、经济效益高等优势。不过，墨西哥湾扇贝在养殖密度上有着严格的标准，每八亩海水只能投放一亩扇贝苗。但是在实际操作中，只有少数村民严格按照这个比例投放扇贝苗，大部分村民的投放比例都略高于标准。

村民们都有着比较丰富的养殖经验，在扇贝苗还很小的时候，投放得多一点或者少一点是很难凭借肉眼看出来的。这种自欺欺人的做法终究要受到惩罚，扇贝苗逐渐长大后，很多问题随即暴露出来，眼下的水质问题就是其中最麻烦的一个。

我忧心忡忡地把实际情况报告给村长，并且提出了自己的解决方案，让村民们必须果断放弃一部分还未长成的扇贝。村长这个人一贯雷厉风行，马上向村民们布置了任务，可真正落实起来却并不容易，村民们普遍有抵触情绪，对潜在的危险不以为然。

　　我只好耐心地和几个村干部一起挨家挨户地做工作，许多年纪大的村民油盐不进，任凭我们怎样劝说都是阳奉阴违的态度。后来，蔡晓云和林晶文也加入我们的队伍中，一起为想不通的村民做思想工作。

　　一个星期过去了，我们的思想工作收效甚微。就在我们和那些思想顽固的村民僵持不下之际，危险已经悄然而至。一天雨过天晴后，靖子村所辖的海域全部变成了粉红色，赤潮真的来了。

　　眼前的一幕，让先前那些不肯断臂求生的村民后悔不迭，他们求我赶紧想办法应对赤潮。我没工夫和他们置气，要求村长马上安排人往海面上撒黏土。村长同意按我的方法办，可在执行过程中却出了问题，个别村民私自按土办法偷偷往自家养殖区里下药。他们用的药实际上是一种名叫硫酸铜的化学药剂，使用过程中极易因为局部浓度过高造成二次污染，进而破坏水质。而且硫酸铜具有和某些化疗药物相似的特性，它在杀死造成赤潮的微生物的同时也会杀死各种鱼类和贝类，用硫酸铜对付赤潮无异于自杀。

　　等我发现问题时，为时已晚。赤潮退去了，村民们损失惨重，很多村民认为是我应对不利，把责任都归罪到我头上。

　　一天早上，许多村民来到蔡大爷家的院子里向我兴师问罪。蔡大爷一家三口担心村民们会对我做出过激的举动，让我待在厢房里千万别出去。

蔡大爷一家三口堵在厢房门外和村民们对峙着，我心里实在气不过，想出去和村民们据理力争，奈何总也推不开门，蔡晓云和蔡大爷二人合力用后背死死抵住房门。

后来，有村民要往厢房里冲，蔡大爷和蔡晓云分了神，我这才用力推开门，来到众人面前。

"小四眼儿，算你有种还敢出来。"一位村民边说边冲上来用双手狠狠地推了我胸口一把。我踉跄着后退了两步，终究还是没站稳，一屁股摔坐在地上，眼镜也摔掉了，眼前一片模糊。

场面开始混乱了起来，不等我站起来，村民们已经迅速围了上来，我模模糊糊地看见蔡晓云的身影抢先一步挡在我的身前。这时候村长来了，他大喝一声："你们这些混账东西，想要干什么！"一下子镇住了场面。

村长很快平息了这次风波，可更大的风波还在后面。水产研究所也认为我此次应对赤潮不利，决定提前调我回去。我怎么也想不通自己为何会落得这个结局，心里十分难过。

临走的前一天晚上，我正在收拾行李，蔡晓云敲门进来，这还是五个月来她第一次晚上单独来到我住的屋子里。

"周胜哥，东西都收拾得差不多了吧？"蔡晓云看起来情绪有些低落，说话声音也不像平时那样响亮。

我勉强挤出一丝笑容："嗯。"

"周胜哥，这是一副新护膝，你那副太旧了，以后就别用了。"蔡晓云递给我一个包裹。

我接过包裹后，心里热乎乎地，遂感激地说道："谢谢你，晓云。"

"周胜哥，你以后还会到我家来吗？"蔡晓云柔声问道。

"当然会了，而且会经常来的。"我信誓旦旦地回答。

蔡晓云嘟了嘟嘴，拢了一下前额的头发，动情地说道："那你可要说话算数。"

那晚的蔡晓云情绪始终不高，我深知经过五个月的相处，她对我已经心生爱意。我对她也有好感，但那只是朋友间的好感。我不想伤害到她，也很珍惜我们之间的友谊。所以，那天晚上的临别赠言我说得非常严谨，没留给蔡晓云任何幻想的空间。

送走了落寞的蔡晓云，我自己也陷入苦闷之中。我心里很烦乱，想找林晶文倾诉衷肠，却没有那个勇气。想到以后再没机会见到她了，又恋恋不舍。自己到底该怎么办？我一直没有满意的答案。

那个夜晚异常闷热，更烦闷的地方在我心里。

翌日上午八点半，蔡大爷一家三口送我到村里唯一的那根电线杆下等公共汽车。蔡晓云一直默然无语，神情沮丧地低着头站在那里。蔡大爷不停地和我说着客套话，我有点心猿意马，时不时装作若无其事地环伺一下周围，我在潜意识里等待着一个人。

林晶文的身影一直没有出现，我不免有些失望。也许我对于她来说只是生命中的一个过客而已。我这么想着，忍不住轻轻叹了口气。

远处缓缓驶来一辆公共汽车，一点点由远及近，最终停在我们面前。车门开启后，我告别了蔡大爷一家三口，提着行李上了车，车上有很多空座位，我随便找了一个靠窗的位置坐了下来。

我很随意地把目光投向车窗外，意外地发现林晶文就站在离公共汽车不远的地方。林晶文此时也看到了我，向我挥手作别。我情不自禁地站了起来，这时公共汽车缓缓启动，我有些不舍，却也不得不无奈地重新坐下并且收回目光。

想不到我和林晶文竟然会用这种无声的方式告别，鼻子有一种酸酸的感觉，我暗嘲自己没出息。

就在这时，公共汽车突然停了下来，车门又重新开启，村长气喘吁吁地跳了上来。他的目光在车上巡视了一圈后，最终落在我身上。戏剧性的事情发生了，村长通过镇里向水产研究所说明了实际情况，水产研究所经过研究最终决定我按照原计划继续留在靖子村。村长在接到水产研究所的电话之后，赶紧过来拦住公共汽车。

蔡大爷一家三口兴高采烈地把我接下了公共汽车。不远处的林晶文看到这一幕，并没有走过来，而是停留在原地欣慰地朝我淡淡一笑，我以微笑回应。

我能继续留在靖子村，犹如获得了新生一样，工作比以前更有干劲儿了。海上作业是比较枯燥的，在忙碌的工作之余，村民们也会自己找乐子。午休的时候，大家的渔船靠拢在一起，三五人一伙儿，有的打扑克，有的闲聊天，时间很快就过去了。

这天中午，林大爷家的渔船上围了很多人，林大爷正给一个年轻后生算命，我也在林大爷的船上跟着凑热闹。

我早就听说林大爷会算命，这还是头一次见他现场为人算命。林大爷说得头头是道的，不一会儿就为那个年轻后生算完了。

"还有谁想算？"林大爷环顾众人道。

众人异口同声道："给我算一下吧。"

林大爷一脸得意地说道："这么多人，我哪算得过来呀。"

大家伙儿争先恐后地往林大爷面前凑，生怕被漏掉，我也跟着起哄。

林大爷这时注意到了我。

"哟，小周师傅也信这个？"

说心里话，我并不相信，但嘴上不能说实话。

"当然信了，您老算命算得准，整个孙家疃谁不知道啊。我早就想找您算，一直没好意思说，今天算是赶上了。"

林大爷脸上的皱纹深深地堆积在一起，看起来我的一番话让他老人家很高兴。

"那我就先给小周师傅算，小周师傅，你想算什么？"林大爷问道。

我脱口说道："姻缘。"

林大爷："那你写一个字吧。"

我思量了片刻后用手指蘸着海水在船板上写了一个"明"字。

林大爷定睛看了一下那个"明"字后说道："我要是没说错的字，这个字里的'月'从你的名字'胜'字得来，'日'从你中意之人的名字中得来。对吧？"

一下子被林大爷说中了心思，我顿觉脸上发热，那个"日"字的确取自林晶文的"晶"字。

"您老人家果然是高人。"我索性承认了。

林大爷用意味深长的目光看着我，摇着头说道："这个姻缘不好，日月天各一方，永远没有机会相见，注定没有结果。"

我本以为听到的会是长篇大论，没承想，林大爷用简短的一句话就直接定义了我的姻缘。我对此付之一笑，没作声，在心里对于林大爷的话不屑一顾。

这时，刚刚算完命的那个年轻后生突然向我说道："小周师傅该不是看上我们村的姑娘了吧？"

我心头一紧，但表面上还是尽量装作若无其事的样子，嘴上依然没吭声。

人群中不知道谁喊了一句："我也看出来了，那个'明'字左边的'日'，就是从蔡晓云的'晓'字得来的。"

"不对，分明就是从林晶文的'晶'字得来的。晶文可是大学生，咱村也就她能配得上小周师傅。"有人反驳道。

大家伙儿甚至开始争论起来，这是我完全没有预料到的局面。我很后悔自己刚才的冒失，也低估了大家的智商。可是事已至此，我也不好说什么，只能沉默以对。

这时林大爷对众人说道："快开工了，大家伙儿散了吧。"

人群中不知谁喊了一句："还有一刻钟呢？林大爷肚子里的故事多，再给大家讲个故事吧。"

林大爷微微一笑，缓缓说道："好吧，既然提到一刻钟这个词儿了，我就讲一个和一刻钟有关的故事吧。大家都知道一刻钟是十五分钟，可谁知道一刻钟这个词儿是怎么来的？"

林大爷的目光在人群中环顾了一圈，众人纷纷摇头，在鸦雀无声中眼巴巴地等着林大爷的下文。

　　在中国古代，人们常用一种盛水的漏壶作为计时工具，这是利用了水均衡滴漏的原理，在漏壶里放有标尺和刻箭，用来计算时间。每漏完一壶水的时间大概需要十五分钟，称之为一刻，一昼夜共有一百刻。明朝时，在广州城的拱北楼上有一套造于元代的铜制大漏壶，用来为整个广州城计时，还配有专门的司壶吏定时为漏壶加水。一般的漏壶计时都有细小的误差，需要定期校准。但拱北楼上的漏壶却不用校准，历经元明两代二百多年，时间分毫不差。没人能说清楚其中的原因，当地老百姓都把那个漏壶当作神物供奉。

　　明朝万历年间，有一个名叫利玛窦的意大利传教士途经广州拱北楼时，被那个漏壶所吸引。利玛窦精通天文学、地理学、数学以及其他多种科学，他对漏壶的精准计时惊诧不已，遂停留下来对漏壶进行仔细地研究，还做出了仿制品。奇怪的是，利玛窦仿制出来的漏壶虽然可以计时，却和一般漏壶一样存在误差。对此，利玛窦绞尽脑汁却不得其解。后来，他通过漏壶上的铭文了解到，漏壶是由一个名叫冼运行的广州铜匠铸造的。

　　利玛窦辗转找到了冼运行的后人冼时来，并向冼时来求教漏壶精准计时的奥秘。冼时来也说不出个所以然来，只知道先人冼运行是个神人，还为冼氏后人留下来一幅具有特殊功能的画。听祖上的先辈口口相传说，通过那幅画可把人带入另外一个世界。不过，冼氏后人没人亲眼见证过那个特殊功能。

利玛窦闻听后，连忙让冼时来把冼运行留下来的那幅画取出来让其过目。利玛窦虽说是个洋人，但因为在中国生活多年，早已成了中国通。他发现那幅画的用纸是非常古老的侧理纸，是一种以苔藓为原材料制成的纸。画的图案很简单，由十二个记录时间的汉字"子丑寅卯辰巳午未申酉戌亥"围成一个圆圈，在圆圈正中间的位置上是一个一寸大小的正方形镂空，冼时来介绍说，听祖辈讲就是通过这个正方形镂空可以看到另外一个世界。

利玛窦对此十分好奇，当即提出用重金买下那幅画，却被冼时来坚拒了。利玛窦此前已在韶州①、肇庆、广州一带传教多年，不仅在这些地方名气很大，在当地官员中也具有很强的影响力。他不甘心就此作罢，利用和当地官府的特殊关系，找了个借口把冼时来抓了起来，逼迫冼家人把那幅画交了出来。

---

① 即现在的广东韶关。

得到画后，利玛窦只要一有闲暇就拿出来研究，却始终不解其意。但他一直没放弃对画的研究，他习惯在夜深人静的时候双手捧着那幅画，透过那个镂空的正方形向外观望。他希望可以看到另外一个世界，也坚信洗运行留下来的画一定不同寻常。终于在一天夜里，利玛窦透过那个镂空的正方形看到了二十年后的自己，并且互相对了话，对话只持续了极短的一段时间，那个二十年后的利玛窦就消失了。

利玛窦终于明白了，原来所谓的另外一个世界，是指见到二十年后的自己。在错愕之余，他凭借其特有的敏感，迅速总结出一个规律来。那幅画的特殊功能出现的时间是子时刚开始的时候，而且当晚天空中挂着的是一轮满月。利玛窦也正是在那个时候才注意到在画中正方形镂空正上方的"子"字比其他十一个字略大一些。

利玛窦将自己的发现以及那幅画的来历用拉丁文详细记录在画的下方空白处。他并没有向任何人声张此事。利玛窦到了北京以后，将那幅画藏在他亲自组织建造的教堂里。

明朝崇祯年间，另一位传教士汤若望在教堂的耶稣像后面偶然发现了那幅画。和利玛窦一样，汤若望也精通天文学、地理学、数学等多种科学，而且比利玛窦还要更胜一筹。汤若望不仅通过利玛窦留下来的文字了解到画的来历和特殊功能，还进一步发现画的特殊功能其实有两个，另外一个是每当夜晚无月之日的子时透过画中正方形镂空，可以看到二十年前的自己。汤若望将其用拉丁文补充在画中利玛窦留下的文字后面，还在那个正方形镂空外围描了一个代表二十的"廿"字，并且他还根据月亮的盈亏规律最终完善修订了中国农历的历法规则。

明朝灭亡那一年，李自成率领大军逼近紫禁城时，崇祯皇帝让几个太监带着三位皇子化装成老百姓逃跑。崇祯皇帝特别嘱咐三位皇子，一定要分开藏匿，还明确告知了三个藏身地点。其中，皇五子朱慈焕藏在汤若望的教堂里。

不幸的是，在李自成的重金悬赏下，三位皇子被太监们出卖先后被俘。汤若望是崇祯皇帝三位皇子的天文学老师，和三位皇子建立了深厚的感情。在和朱慈焕分别时，汤若望将冼运行留下来的那幅画赠予朱慈焕，并详细告知了其中的秘密，希望那幅画能帮助朱慈焕保命，甚至有朝一日光复河山。

李自成没有杀死三位皇子，而是把他们带到了山海关前线，用以招降吴三桂。后来李自成战败，三位皇子趁乱逃脱。皇太子朱慈烺逃回北京后不久又被清军俘虏，最后被多尔衮杀害。皇三子朱慈炯一直下落不明。只有皇五子朱慈焕侥幸活了下来。

成功逃生的朱慈焕一直过着流浪的生活。有一天，他来到一个姓王的乡绅家里乞讨时，王乡绅见他气质特别，文才不凡，谈吐文雅，详细问了他的情况。没有城府的朱慈焕透露了自己的身份，王乡绅曾做过明朝官员，见皇子沦落到如此地步，也于心不忍。于是冒着风险收留了朱慈焕，王乡绅还给朱慈焕改了名字和自己的儿子一起读书。

五年后，王乡绅病故，王家怕招惹祸端不敢再收留朱慈焕。朱慈焕只好再次流浪，他来到了浙江余姚，隐姓埋名当了道士。后来，一位胡姓乡绅到道观里祭拜，发现朱慈焕气宇非凡，满腹诗书，还十分擅长下围棋，料定其并非一般人。于是极力劝朱慈焕还了俗，还把自己的女儿许配给了朱慈焕。

就这样，朱慈焕娶妻生子，以教书为业，过起了寻常百姓的生活。早已看遍世间百态的朱慈焕已无复国之志，一心只想着安身保命。只要风声一紧，他就赶紧带着一家人逃亡，几十年间一家人流浪于大江南北，受尽了艰辛和困苦。

朱慈焕好不容易熬到了七十岁，正值康熙盛世，天下太平，百姓安居乐业，清朝的统治已经彻底稳固。

朱慈焕以为自己年逾古稀，毫无威胁可言，康熙皇帝又是个明君，对明朝也尊敬有加，自己终于可以安度余生了。于是放松了警惕，在一次与老朋友喝酒时，朱慈焕无意间透露出了自己的真实身份。世上没有不透风的墙，消息很快传到康熙皇帝的耳朵里。对于如何处置朱慈焕，康熙皇帝的态度十分坚决：杀。

朱慈焕不得不带着两个儿子逃到了山东，在汶上县被一户姓李的人家收留。当得知留在浙江家中的女眷被清兵追杀全部自尽时，朱慈焕自知命不久矣。为了不连累李家，他带着两个儿子连夜离开了李家。

临别时，为感念李家的收留之恩，朱慈焕又将冼运行留下来的那幅画送给李家，同时将那幅画的前世今生原原本本地告诉给李家。不久，朱慈焕父子三人被官府抓获，并且最终全部遇害。

李家后来害怕曾收留过朱慈焕的事情败露，索性背井离乡，举家踏上逃亡之路。一直逃到海边才停了下来，就此隐姓埋名，那幅画一代代传承了下来。

林大爷的故事讲完了，众人意犹未尽。无奈下午开工的时间已经到了，只能四散而去。

那天的晚饭我是和蔡大爷、蔡大娘一起吃的，蔡晓云又去林晶文家了。饭后我正在帮蔡大娘收拾桌子，蔡晓云风风火火地从外面进来，径直走到我跟前。

"周胜哥，我问你。今天中午林大爷给你算姻缘时，你写的那个'明'字里的日是代表我还是代表晶文？"蔡晓云眉头紧蹙，一脸严肃地质问道。

我没想到蔡晓云会当众直接问我这个问题，一时语塞。

"你说话呀，周胜哥。"蔡晓云步步紧逼。

就在我不知所措之际，蔡大爷板着脸向蔡晓云呵斥道："回你屋去，一个大姑娘家，说这话也不嫌害臊。"

蔡晓云十分不情愿地走了，我暗自松了一口气。

此后几天，每次面对蔡晓云，我都特别不自然。她也同样，不像以前和我在一起时话那么多了。

幸福的时光总是那么短暂，八月眼看就要结束，也意味着林晶文暑假结束即将返校。

林晶文离开那天早上，我没去公共汽车站送她。我有自己的计划，此前我已经通过旁听林晶文和蔡晓云的对话，暗暗记下了林晶文回烟台乘坐的那趟汽车的具体发车时间。

我已经失去过一次爱人，这一次我决不能让自己心爱的人轻易溜走。不管结果如何，我都要当面向林晶文坦露心迹。我知道蔡晓云一定会送林晶文到靖子村的公共汽车站，所以我不能选择在那里向林晶文表白，那样既不方便，也会让蔡晓云难堪。我要亲自去长途汽车站单独向林晶文表白。

那天我起了一个大早，借口家里有事，骑着蔡大爷家的自行车早早地出了门。我提前估算好了时间，我抄近路再骑得快一些，大概能比林晶文提前二十分钟到达长途汽车站。但是事不凑巧，由于我骑得太快了，中途摔了一个大跟头。自行车倒是没摔坏，最要命的是我的眼镜摔碎了。

没有眼镜我几乎等同于盲人，骑自行车上路不仅骑不快，还很危险。无奈之下，我将自行车锁在路边，决定一个人打出租车去长途汽车站。可是，我所处的位置有些偏僻，车流稀少，我等了很久才拦到一辆出租车。耽搁了不少时间，等我赶到长途汽车站时，林晶文乘坐的那趟汽车已经发车走了。

我起了个大早，却赶了个晚集，垂头丧气地伫立在长途汽车站前的马路上。仰望天空，阳光有些刺眼，我眼前本来就是一片迷蒙，这下更是什么也看不清了。

林晶文走了，我在靖子村也失去了精神寄托，日渐消沉，对林晶文的思念越发地不可抑制。我经常找各种借口去林大爷家找林大爷聊天，不图别的，只因为那里有林晶文的各种痕迹存在。

和蔡晓云独处的时候还是不怎么自然，我深知青年男女之间若是因为爱意产生了隔膜，就很难回到从前的那种状态了。

一天晚上，我倚在炕被上端着一本书心猿意马地看了很长时间也没翻页。蔡晓云敲门进来后，我撑起身子放下书，坐到炕沿上。见蔡晓云伫立在门口有些踌躇，我心里紧张了起来，生怕她说一些我招架不住的话。但在表面上，我还是故作镇定地招呼她坐到我身边的炕沿上。

蔡晓云坐下来后，不住地对搓着双手，面部表情十分复杂，似乎有话要说，又欲言又止。过了好半天，才鼓足了勇气嗫嚅道："周胜哥，我知道你写的那个'明'字里的日代表的是晶文。"

蔡晓云又停顿了片刻才黯然神伤道："晶文是我最好的姐妹，你好好待她吧。"

蔡晓云话一说完，不等我回应就起身快步离开了，留下我一个人独自发呆。

转眼到了九月末，我在靖子村的指导工作也期满结束了。

九月三十日那天是中秋节，也是我离开靖子村的日子。一大早儿和蔡大爷一家依依惜别之后，我乘坐公共汽车回到了市内。下了公共汽车后，我既没回单位也没回家，而是去了长途汽车站，坐上了一辆开往烟台的汽车。

中午将近十一点的时候，汽车到达烟台。下了公共汽车后，我又搭乘出租车来到烟台师范学院，我是铁了心要马上见到林晶文。可是，那次到烟台却是一次失意之旅。在烟台师范学院，我没能见到林晶文。林晶文回威海实习了，而且是当天上午刚刚走的。

我有些泄气，真正体会到"造化弄人"这四个字的含义，忍不住回忆起林大爷那次为我算姻缘时说的那句话："这个姻缘不好，日月天各一方，永远没有机会相见，注定没有结果。"

我和林晶文真的会像太阳和月亮那样，永远没有机会在一起吗？我不愿意相信这是真的。我很不甘心，在心里打定主意回到威海后，一定要另寻时间专门去找林晶文。谁知，水产研究所很快就安排我到日本交流学习。等我回到威海，再次来到靖子村时已是一九九四年的八月末。

我没有去蔡大爷家，而是直接去了林晶文家。在林晶文家的院子里，我终于见到令我魂牵梦萦的林晶文。

林晶文一脸的憔悴，左臂上戴着孝，非常醒目。她见到我后怔住了，站在那里用失神的目光凝望着我。我们默默对视着，慢慢地，林晶文的眼圈红了，眼眶里有泪水在打转。

我再也无法控制自己的情绪，上前一把将林晶文揽入怀中，把一肚子心里话一股脑儿地全部倾诉出来。

林晶文伏在我怀里哭了很久才慢慢抬起头来，哽咽道："为什么现在才告诉我这些？我已经认命了。"

我懊恼道："为什么要认命？"

林晶文幽怨道："去年暑假返校那天，我在心里想着，若是你能来车站送我，我就对你说，我喜欢你，可是你没来。

"我不认命，我告诉我自己，如果北京申奥成功了，我就回村里找你，当面对你说，我喜欢你。我心里明白，北京申奥是十拿九稳的事情，我只不过是给自己找一个向你表白的借口而已，结果北京以两票之差输给悉尼。

"我不认命，还是回到了村里，可是你已经走了。后来，我在威海一中实习，威海一中的初中部和高中部今年要分开。于是，我又告诉我自己，如果毕业分配时我能分到自己心仪的高中部，我就亲自去水产研究所找你，结果我最终被分到了初中部。

"我还是不认命，仍然去了水产研究所，可是他们说你去日本了。即便如此，我依然不愿意认命，但是现在，我认命了。"

林晶文说完这段话时已是声泪俱下。

"可是我现在就活生生地站在你面前啊，一切都还来得及的。"我恳切地说道。

林晶文稍稍平复了一下情绪，缓缓摇了摇头，决绝道："我们是不可能的，你走吧。"

林晶文话一说完，就转身一个箭步冲进屋子里，然后迅速关上大门，任凭我怎样敲门就是不肯开门。

最后我带着无尽的悔恨和不解，离开了林晶文家，也离开了靖子村。后来，我去威海实验中学，也就是威海一中原来的初中部找了林晶文好几次，每次她都是拒不见我。再后来，我得知在蔡晓云的帮助下，林晶文把工作和户口都调到了大连。

就在我万念俱灰的时候，一九九五年一月中旬的一天下午，我在单位意外接到了林晶文打来的电话。她在电话里对我说："我马上要去做一个试验，如果成功了，我就不去大连了，就和你在一起。如果今年五月份之前，我没去找你，你就把我忘了吧。"

林晶文没等我说话就挂断了电话，我心里重新燃起了希望之火，可是终究还是空欢喜了一场，林晶文再也没有出现在我的生命里。

第八章　身　世

老周伤感地讲完了他和林晶文当年那段有缘无分的爱情后，异常平静地目视着前方，久久未发一言，我只好主动将思绪引到现实中来。

"周叔叔，您最后接到的那个电话，确实是我妈妈打给您的吗？感觉有点突兀啊。"

老周苦笑了一下："晶文的声音我怎么可能听错呢。"

这时，云姨在一旁接过话头。

"一九九四年十二月中旬，何英姿突然从日本打来长途电话，让你妈妈去日本找她。我记得你妈妈是在一九九五年一月十号左右去的日本，而我家老周在一九九五年一月中旬接到你妈妈打来的电话，看来电话应该是在日本打的。这些年来，我一直猜想，也许当年何英姿让你妈妈去日本，是试图通过某种试验解决那个魔咒。试验后来肯定是失败了，不然你妈妈不会不联系老周，也不会去大连。"

云姨的猜测合乎情理，我重重地点了点头。

云姨接着说道："但是，有一个问题我一直想不明白。后来，你妈妈从日本回来后，在靖子村根本没做停留就直接去了大连，和谁都没打招呼，就连我都没见就走了。她似乎走得特别急，而且这么多年来不仅一次也没回过靖子村，和我一直也没有任何联系，这不太符合常理。"

对于云姨的这个疑问，我心中是有答案的。我可以百分之一百地确定，我妈妈并不是林晶文，但我不能把这个发现告诉云姨。她和老周的回忆共同拼接出了林晶文在去大连之前的完整信息。

老周见时间不早了，提醒云姨安排我和路沉地休息。我和云姨住一个房间，路沉地和老周住一个房间。

夜里，我和云姨睡在一张床上。身处另外一个房间里的路沉地，也许是急于和我交流"感想"，在我躺下后没多久就通过微信来问我睡了没有。由于和云姨一直有一搭没一搭地闲聊，我没有理会路沉地。我和云姨又聊了很久才分别睡下。

第二天吃过早饭后，云姨亲自开车送我和路沉地去大水泊机场。等到了大水泊机场和云姨告别时，她再三嘱咐我，一定和她常联系。对于她和林晶文的那份姐妹情谊我很感动，也在心里暗暗下定决心，若是以后有机会了解到林晶文的下落，一定从中牵线，让她们再续姐妹情。

云姨驾车离开后。我和路沉地才终于有机会交流"感想"，我们在大厅里随便找了两个座位坐了下来。刚一落座，路沉地就迫不及待地问道："怎么突然决定和我一起回大连了？"

本来按照原计划，结束了威海之行后，我回北京，路沉地回大连。不过，为了早点打开林晶文留下来的那个保险箱，我临时决定和路沉地一起回大连。为此，我专门向学校又续请了三天假。

"我要回大连办理财产继承公证手续，然后再返回威海打开那个保险箱。"

"你真要成全那对贪婪的兄妹？"路沉地问。

我淡淡一笑道："我才不会成全他们俩的，我只是挺想看看那幅画的。沉地，你注意到没有，林学峰临终前没能交代完的有关那幅画的事情，其实在老周的讲述中有答案。"

路沉地会意地点头道："昨天晚上我就注意到了。林学峰当年给众人讲的那个故事听起来颇具传奇色彩，里面肯定有渲染夸张的成分。所以我不太相信那幅画具有什么特殊功能，或许林学峰想交代的只是林家祖上其实姓李，还有那幅画相对特殊的来历。"

我认同道："嗯，咱们想的一样。另外，你原先的猜测可能是正确的，我妈妈不是林晶文，只是一个和林晶文互换了身份的人。"

路沉地见我和他有了共识，立马来了精神，欣喜地问道："你发现什么了？"

我："吴氏兄妹和云姨都说林晶文是一个特别迷信的人，而我妈妈绝对不是一个迷信的人。还有更重要的一点，我拿着那张林晶文和云姨的合影给云姨看时，专门留意了云姨的身高，我一米六六，云姨的个子和我差不多，那张照片里林晶文要比云姨矮半个头。由此推测，林晶文的身高大约在一米六〇左右。而我妈妈一米七二，比我还要高很多。不过，云姨在翻看我手机里妈妈的照片时，却并没有发现异常，这说明林晶文和我妈妈长得非常像。"

路沉地若有所思地说道："她们俩只是两个长得很像的人。"

我白了路沉地一眼，没好气儿地斥责道："你别插话好不好，我话还没说完呢。"

路沉地急忙道歉："好好好，我不说了，你说你说。"

"云姨刚见到我时，眼神很怪异。因为她知道林晶文身上有那个魔咒的存在，是不可能和自己的亲生子女生活在一起的。可是她哪里知道，我妈妈压根就是不林晶文。"

路沉地又要插话，却欲言又止。望着他那想说却又不敢说的表情，我扑哧一下乐出了声。

"好啦好啦，你想说什么就快说吧，别憋坏了。"我说道。

"难怪云姨质疑你林晶文女儿的身份时，你会那么平静，原来你心里早就有底了。但是，你当时为什么不告诉云姨真相呢？"

我："其实当时我心里也挺矛盾的，不知道该不该说。我对林晶文后来的情况一无所知，所以说出真相的意义并不大。再加上老周、云姨、林晶文三个人之间错综复杂的关系，似乎不说出真相更好一些。"

路沉地十分信服地点了点头。

这次威海之行的收获还是挺大的，搞清楚了我妈妈不是林晶文这个事实。至于我妈妈到底是谁？又在什么时候因为什么事情和林晶文换了身份？我只能期待在吕念祖的爱人初琳老师那里得到答案。

当天下午，我和路沉地回到了大连。令我始料不及的是，接下来迎接我的，将会是晴天霹雳。

财产继承公证里最重要的一项财产就是房产，妈妈把家里的房产证放在一个上锁的木箱子里。路沉地帮我撬开锁后，那个红色的房产证终于暴露出来。我顺手拿起房产证时发现在房产证下面还有一个稍小一点的，也是红色的证书，封皮写着"收养登记证"。

我满腹狐疑地打开了那个收养登记证，看到了令我无比震惊的一幕，上面竟然写着我的名字和出生日期，我大脑顿时一片空白。

我不愿意相信眼前的画面是真实的，无法接受自己不是妈妈的亲生女儿这个现实。

"难怪你以前向你妈妈追问你爸爸的情况时，你妈妈无言以对，原来确实是没什么可说。"路沉地在一旁说道。

"不可能的，这一定不是真的，我妈妈肯定是为了掩人耳目才办了这张假收养证的。"我沉吟道。

路沉地："你别自欺欺人了。"

我怒斥路沉地道："你住口。"

路沉地的嘴巴依然说个不停："米菲，你别激动，我能理解你现在的心情，换作谁一下子也接受不了。可是，你要明白一个道理，生亲不如养亲，不管你是不是你妈妈的亲生女儿，她都是养育了你、陪伴了你十九年的人，这是无法改变的客观事实。就冲这一点，是不是亲生的有那么重要吗？你之所以无法面对现实，是因为你妈妈对你太好了，你根本想不到她不是你的生母，这其实已经很说明问题了，在这个世界上，有些感情是比血缘关系还要深刻的。"

路沉地的一席话，说得我潸然泪下，这次我没有强忍泪水，而是让眼泪肆意流淌。路沉地说得都对，可我在内心深处还是无法直面自己是妈妈的养女这个现实。

过了一会儿，待我稍稍恢复理智，路沉地又说道："或许，你妈妈就是林晶文，她并没有和谁互换身份。"

不等我回应，路沉地很快就否定了自己的猜测："不不不，这怎么可能呢！我也跑偏了。"

"我不许你把今晚的事情写进小说里。"我郑重其事地对路沉地说道。

路沉地忙不迭地点头答应，唯恐我再次对他发脾气。

路沉地走了以后，我躺在床上，手里拿着那张收养登记证陷入沉思之中。

我追忆了许多和妈妈一起经历的往事，最后我想到了自己珍藏的那根妈妈的头发，心里萌发了要用那根头发做亲子鉴定的念头，在残酷的现实面前，我还是心存幻想，哪怕是无意义的事我也要做。

夜里，因为有心事，我翻来覆去，怎么也睡不着，而我恰恰迫切地希望能用睡眠来摆脱烦恼。后来，为了强迫自己早点入睡，我在心里默默地数起了羊。也不知怎么了，我数着数着忽然想起了多年前反复在我梦里出现的那个神秘女人。我已经有很久没想起她了，几乎在记忆里删除了有关她的一切信息。她在此时出现在我的脑海里，会不会是想告诉我，当年她在梦里一直对我说的那些我听不见的话，正是和我的身世有关的。

转天是星期天，公证处不上班，财产继承公证自然办不了。整整一天，我把自己关在家里不吃不喝。路沉地和上次一样，又在微信里多次"骚扰"我，又给我做了皮蛋瘦肉粥放在门外，我始终没予理会。

临近傍晚的时候，门外响起了敲门声。我猜一定是路沉地，但还是没有理会。

"米菲，你开开门好吗？"

后来，敲门声越来越急促，路沉地还不停地在外面叫喊着。我被他搞得心烦意乱的，没好气地去开了门。

"你总算出来了，吓死我了。"

一见到我，路沉地如释重负地说道。

我不觉怒火中烧，怒不可遏地揪住路沉地的衣领把他拖进屋里，然后用双手不停地在他脸上用力拍打着。

"谁让你来打搅我的！"我边打边吼道，将自己的满腔愤懑全部发泄到路沉地身上。

路沉地没有丝毫躲闪，站在那里任由我拍打，他原来白净的脸上慢慢地被我打得通红。打了一会儿我就没劲儿了，浑身绵软无力。就在我即将瘫倒时，路沉地一把抱住了我，我直接伏在他的肩膀上慢慢抽泣起来。

我心里十分后悔，刚才不该那么失控，让一片好心的路沉地成了自己的出气筒。

"沉地，对不起。"我带着哭腔说道。

路沉地什么也没说，只是一个劲儿地轻抚着我的后背，让我的情绪渐渐平复下来。

星期一上午，我在路沉地的陪同下，去公证处办理了财产继承公证。紧接着，我们又带着那张收养登记证书，一起去了大连市沙河口区民政局。妈妈的情况还没调查清楚，现在又轮到调查我自己的身世了。即便我真是妈妈的养女，我也要搞清楚自己的身世。

　　在民政局里，我们得到了一个重要的线索，工作人员通过调阅档案找到一份"捡拾弃婴儿童情况证明"。上面的捡拾人情况一栏的姓名是林晶文，弃婴情况一栏的姓名是米菲，捡拾情况一栏上捡拾时间写着一九九九年十二月二十日，捡拾地点在大连市妇产医院，捡拾经过只有一句话：生母生产后不知去向。证明人情况一栏的姓名是李国英，工作单位是大连市妇产医院，家庭住址是大连市中山区共同巷十五号。

　　妈妈的那份简历上写得很清楚，一九九六年二月至二〇〇〇年三月期间，她在大连市妇产医院工作，我正是这个时间段内出生的。这样看来，这份情况证明上的内容应该是属实的。可要想知道事情的详细经过，只能去找那个证明人李国英。

　　我和路沉地又马不停蹄地赶到大连市妇产医院，通过打听得知，李国英五年前退休了。经过一番联系，我们终于在下午两点刚过的时候来到李国英家中见到了李国英本人。

李国英是一个六十岁左右的老太太，两年前因为腰神经损伤导致下肢瘫痪，只能坐在轮椅上和我们交谈。

　　在得知了我的来意后，李国英稍稍思忖了一会儿，才开始侃侃而谈："一转眼快二十年了，却好像是发生在昨天的事情。丫头，你的生日太好记了，一九九九年十二月二十日，澳门回归祖国的日子，所以尽管事隔多年，我还是能清楚地回忆起当时的情形。一九九九年十二月十九日晚上，我和晶文一起值夜班。电视里一整晚都在直播迎接澳门回归的庆典晚会，所有当值的医护人员只要手头没活儿，都围在医生办公室里的那台小电视机前。临近半夜十二点，就在中国和葡萄牙两国政府马上要举行正式的主权交接仪式时，突然来了一个即将要临产的孕妇。孕妇是一个人来的，年纪不大，看起来只有十八九岁，说话南方口音。十二点半的时候，孕妇生下了一个女婴，就是丫头你，我和晶文一起参与了接生过程。

　　"那天晚上，大家伙儿的注意力都在电视上，那个孕妇生完孩子后没多久，就趁大家伙儿不注意悄悄溜走了，并且再也没回来。于是，照顾你就成了我们这些护士的责任，尤其是晶文，对你最上心。后来，晶文决定收养你。为了不让你知道自己是个弃婴，晶文拜托我通过关系把她调到了六院工作，从此和我们这些老同事有意断绝了来往。可是我知道晶文还会再来找我的，因为根据《收养法》规定，收养人只有年满三十周岁才具有收养资格，没有正式的收养手续是没办法给孩子落户口的。晶文是一九七三年四月份生人，我断定晶文势必会在二〇〇三年四月份的时候来找我做证明人。

"现实中出现一点小小的偏差，二〇〇三年四月份的时候正好赶上了'非典'，六院的部分医护人员被派到北京援助，晶文就是其中之一。直到二〇〇三年七月份，晶文才来找我帮忙，为丫头你正式办理了收养手续。从那次以后，我再也没见过晶文。"

李国英比较完整地还原了我出生时的情况以及后来发生的一些事情，我不得不无奈地正视自己是个弃婴的现实，不禁心生悲凉。

路沉地在一旁不失时机地向李国英询问我妈妈当年在妇产医院工作时的情况。李国英顿了顿，缓缓说道："说起来我应该算是晶文的恩人，晶文可是不太够意思，始终没向我敞开心扉，也可能她有什么苦衷吧。我是一九九五年夏天从别的医院调到妇产医院产科病房做护士长的，我去的时候，晶文已经在妇产医院工作了。不过，她那会儿还是个护工，属于临时工。晶文平时言语不多，工作特别认真，我们都挺喜欢她的。一个非常偶然的机会，我注意到晶文对护理业务好像很熟悉。于是，我在工作中对晶文比较留心，悄悄地观察了她一段时间，我慢慢发现晶文对护士所需要的技能样样精通,明显是有护士工作经验的人。对于这一点,我至今都很费解,因为据晶文自己说,她大学是在师范读的数学专业,和护理专业完全不搭边。

"后来,我和晶文熟悉了以后,私下里曾问过她是从哪里学的护理知识。可晶文却顾左右而言他,对于我提的问题完全闭口不谈。当然了,这是后话。我发现晶文是个护理人才时,科里正巧缺人手,加上晶文又有学历,我就向院里提出申请破格让晶文做护士。具体的时间我记不太清了,大概在一九九六年春节前后吧,院领导批准了我的申请,晶文这才成为医院的正式工。"

在妈妈的那份简历上,一九九五年二月到一九九六年一月这将近一年时间是空白的,李国英提供的信息正好基本上填补了这段空白。

从李国英家出来以后,我和路沉地一路无语。我想了很多,也想明白了许多事情,我终于释然了,路沉地说得对,无论发生什么事情,都改变不了我和妈妈将近二十年的母女情,这份沉甸甸的情感是割舍不断的,我又何苦纠结于有没有血缘关系呢!

我把自己的想法说给路沉地听,他很高兴,接连说道:"这就对了,为了你妈妈你也要好好活着。"

晚上,路沉地又新写了一段小说后,照例给我发来了链接,直接遭到了我的无视。

我在微信里搪塞路沉地："我看完了，挺好的。"

"别骗人了，你肯定没看，你就这么不重视我啊？"
路沉地秒回道。

我也不藏着掖着了，直截了当地回复："我希望看到
的是一部完整的作品，等全写完了我肯定好好看。"

第九章　古　画

　　我本想一个人回威海开启那个保险箱，可路沉地不放心，坚持要陪我一起去。第二天一大早，我和路沉地又乘坐飞机去了威海。经过一番打听后，我们辗转来到了威海商业银行新威支行的门前，这个新威支行就是原来的新威信用社。

　　新威支行地处威海市中心的新威路上，门脸很大，毗邻一家药房。我和路沉地下出租车时，几乎同时看到马路斜对面是个公园，远处有一个高高耸立的古典式建筑，特别显眼。

　　"米菲，你看那个是不是环翠楼？"路沉地指着那个古典式建筑问我。

　　我看着那个古典式建筑确实有些眼熟，稍加思索便回忆起在云姨家看到的那张林晶文和云姨的合影。

　　"没错。"

路沉地饶有兴致地说道："等会儿办完事之后，咱们去逛逛吧？"

我欣然同意了路沉地的提议，就在这时，天空中突然下起了雨，我和路沉地连忙走进新威支行。

办妥了相关手续后，在一位银行工作人员的引领下，我来到存放保险箱的大库里。那位工作人员打开了其中的一个保险箱，里面装的是一个红色的长方形锦盒。我亲手打开了那个锦盒的盖子，盒子里随即露出一张卷成圆筒形状的纸。我将那个纸筒取出，接着缓缓展开。一幅画一点一点映入我的眼帘，画上的图案和云姨描述得分毫不差，"廿"字里的那个镂空格外醒目，正是林晶文家祖传的那幅画。

等在大库外的路沉地见我手里拿着锦盒出来，大概也猜到了锦盒里装的是什么，立即凑过来，让我打开锦盒给他看看。

"原来这就是侧理纸啊，原来拉丁文是这个样子啊。"路沉地一脸兴奋地一边看画一边说道。

我推了路沉地一把，用眼神示意他有外人在场。路沉地朝我吐了一下舌头，没再言语。

等我和路沉地穿过银行大堂来到门口时，发现外面的大雨已呈倾盆之势，并且一片迷蒙，能见度极低。

"雨如果这样一直下下去的话，大水泊机场肯定要关闭的。"路沉地不无担心地说道。"这雨应该不会一直下吧。"我信口回应道。

我回北京的航班在晚上，路沉地回大连的航班在下午。这场突如其来的大雨很有可能对我俩各自的归程造成影响。

这时候的我和路沉地已经没有了逛环翠楼的闲情逸致，忧心忡忡地在新威支行里等了半个多小时，眼见外面的雨始终处于瓢泼状态，完全没有停歇的意思。

路沉地当机立断，让我下午改坐高铁回北京，他自己晚上坐轮船回大连。而我却嫌太折腾，心存侥幸，坚持按原计划坐飞机。

为此，我俩起了争执。从小到大，我和路沉地时有分歧，偶尔还会僵持不下，但每次争执的结果都是他顺从了我的意思。这次也不例外，路沉地见我态度坚决，也只好遂了我的意。

中午我和路沉地简单吃了点东西后，就冒着暴雨赶往大水泊机场。下午一点半，等我们赶到机场时，也迎来了机场关闭和当天所有航班全部取消的消息。

这时，我再想改乘高铁回北京已经来不及了，路沉地还可以在晚上坐轮船回大连。但路沉地决定陪我一起滞留威海。于是，我和路沉地一起去了机场为滞留旅客安排的酒店。

一进到房间里，路沉地就拿出那幅画坐在床上一直盯着看。他似乎对画很感兴趣。半晌，路沉地像发现新大陆一样兴奋地说道："'廿'字正上方的'子'字真的比其他十一个字要略大一些，莫非这幅画真的有特殊功能？"

　　我躺在另一张床上闭目养神，没搭路沉地的话茬。

　　路沉地始终很亢奋，嘴上东拉西扯一直说个不停。而我则希望早点度过这不太顺利的一天。

　　晚上还不到八点，我就洗漱完毕，钻进被窝里。路沉地看我睡下了，也在他的床上躺了下来。

　　自从妈妈去世以后，我的睡眠就一直不好。这次身处异乡，更是如此，躺下很久了也没睡着。另一张床上的路沉地也一样，时不时地翻一下身。

　　我的声音在黑暗中响起："你在想什么呢？"

　　路沉地回答得很快："我在感叹，咱们俩好多年没睡在一个屋子里了。"

　　"说得真难听，臭嘴。"我明知道路沉地并无乱七八糟的想法，但还是忍不住骂了他一句。

　　路沉地继续说道："咱俩最后一次睡在一个房间里，是在上小学二年级的那年除夕……"

　　"你还说！"我正色道。

　　路沉地知道我动了真气，识趣地缄口不语了。

　　"外面的雨好像小了。"我说道。

路沉地连忙起身走到窗户前，拉开窗帘朝外面张望。

"确实小了。"路沉地说道。

"今晚的月亮真圆。"路沉地望着窗外感叹道。

我随口说道："在林学峰的那个故事里，利玛窦发现那幅画的秘密就是在一个月圆之夜。"

说者无心，听者有意。路沉地迅速拿过手机在上面搜索着什么，片刻之后，他欣喜道："今天是十月二十三日，正好是农历的九月十五，一个月中月亮最圆的时候。咱们要不要试一试？"

听路沉地这么一说，我也来了兴致，一骨碌从床上坐了起来。

"怎么试？"我问。

"子时是晚上十一点到第二天凌晨一点之间，利玛窦说通过'廿'字那个镂空看到二十年后的自己是在子时刚开始的时候，也就是十一点。一会儿十一点时，我们就通过那个镂空向外看就行了。"路沉地说道。

可是有一个问题，画上的那个镂空很小，只能容得下一个人向外窥望。因为我也有兴趣，路沉地自然会让着我。

到了晚上十一点，带着略微紧张的心情，我把那幅画举到面前，透过那个镂空向外观望。望了一会儿，却什么都没看到。

我顿觉索然无味，也觉得自己十分可笑，竟然会热衷于这么无聊的尝试。

第二天，雨过天晴，大水泊机场恢复正常后，我和路沉地分别回到北京和大连，那幅画被路沉地带走了，他还想再研究研究。我和他已经约定好了，以后若是有机会找到林晶文，务必要将那幅画物归原主。

第十章　真　相

　　回到北京后，由于初琳老师的迟迟不归，我对妈妈真实身份的调查也停滞了下来。路沉地每天都追问我事情的进展，他的小说停更很久了，也迫切地希望初琳老师能早日归来好继续下文。我俩心急如焚，却也无计可施。

　　吴氏兄妹每隔几天就会给我打来电话或者发来微信，他俩已经知道我把那幅画从保险箱里取走了，多次斥责我言而无信，令我不胜其烦。

　　平日里为了分散注意力，我除了上课就是泡在图书馆里。夜里睡不着觉时，还会去通宵自习室里上自习。偶尔也会在校园里漫无目的地闲逛，常常从东门的礼堂一直走到西门的小广场。其中，我最喜欢走的一段路是以东大第一任校长方树奇的名字命名的方树奇路。

　　方树奇路两旁一边是梧桐树，一边是松树。随着天气的逐渐变冷，梧桐树的叶子开始纷纷掉落，落叶从最初的星星点点到后来的铺满地面，给人以萧索凄凉之感。松树则始终都是郁郁葱葱的，焕发着勃勃生机，给人以希望。两边的反差越来越大，我每次行经那里，都会在心里暗暗感慨一番。

东大每年都要搞"一二九"合唱比赛，各个学院都非常重视，常常提前两个月就开始组织排练。按照惯例，各个学院的合唱团都以大一新生为主体，我原本没有报名参加，后来当我得知自己所属的经济学院合唱团还缺两个人后，主动要求申请加入。因为几乎每天都要排练节目，我的生活一下子变得充实起来，日子过得也不像前段时间那么慢了。

十一月二十三日星期五，上午没课，我吃过早饭后出了东大西门，准备步行去西外亚非学院找苏老师了解一下初琳老师回来了没有。刚走到北京卫戍区第四十干休所门口时，我的手机响了，一看是路沉地打来的电话。

对此我心里早有预期，早上起床的时候，我就看到路沉地在十一月二十二日晚上十一点到十一点半之间打来五个电话，那时我已经睡觉了，手机调成了静音模式。我断定路沉地上午还会给我打来电话，只是不知道他有什么事情。

"米菲，你能听得见我说话吗？"

电话接通后，路沉地急促的声音立即跳进我的耳朵里，他的声音很大很刺耳，我不得不把手机拿到离耳朵远一点的地方。

"你想死啊,我又不是聋子,说话那么大声干什么?"
我气急败坏地冲电话里喊道。

"米菲,你听我说……"

与此同时,我听到从干休所院内传来刺耳的轰鸣声,
下意识地侧头瞥了一眼。只见一辆轿车呼啸着从院内冲了
出来,先是径直撞断了干休所门前的挡车杆,然后直奔我
而来,明显处于失控状态。

我尖叫了一声,本能地后退了两步,和轿车擦身而过,
手机也掉落在地上。很快,那辆轿车就撞到了不远处的万
泉庄立交桥的桥墩上。我已经吓傻了,站在那里大口喘着
粗气,好半天才勉强恢复神志。

事故现场十分惨烈,那辆轿车的车头几乎不见了。司
机也生死未卜,周围迅速围满了人。我没心情看热闹,缓
缓走上前拾起掉在地上的手机,重新放到耳朵上。

"米菲,米菲,你在听吗?米菲,你说话呀?"电话
里传来路沉地焦急的声音。

我惊魂未定地向路沉地述说了刚才的遭遇,电话那头
突然沉默了下来。

"沉地,你怎么了?"

我连续追问了几次,路沉地才有气无力地回应道:"你
大难不死,必有后福。"

此时我已经彻底从慌乱中摆脱出来："你少跟我扯闲篇，快说吧，找我什么事儿？"

电话那头又没动静了，我急了，脱口喊道："你有事儿没事儿？没事儿我挂了。"

"别挂，别挂。米菲，我是想告诉你，我……我……"路沉地又开始支支吾吾起来。

"沉地，你这是怎么了？是不是又有人欺负你，需要我替你出头了。"我笑着调侃道。

"不是的，米菲。我想说，我……我……我爱你。"路沉地嗫嚅道。

听起来，路沉地似乎下了极大的勇气才把这句话说出来。

我觉得十分可笑，信口回应道："滚吧你，小屁孩儿。你知道'爱'字怎么写吗？是不是看快到周末了，一大早儿拿姐姐我开心呢。"

"我真的很爱你的，一直都很爱。"路沉地的口气很诚恳，不像是开玩笑。

我心里有点乱，一时不知道怎样回复他最妥当，只能继续口不择言地说道："一个〇〇后敢跟九〇后的姐姐表白，你疯了吧？"

"我没疯，不管咱们是什么后，我只知道在我心里，你永远是我的皇后。"

我和路沉地在电话里争论了起来。

　　"我呸，你赶紧打住吧，你这不等于说你自己是皇帝吗？"

　　"米菲，你记住，你这颗大米只有沉在我的地里才能生根发芽。这是老天爷早就注定好了的。"

　　"要说老天注定的话，那也是注定咱们不可以在一起。你看刚才，要不是你给我打电话表白，我也不可能遇到危险，差点连命都没了。"

　　路沉地毫无征兆地突然挂断了电话。我原以为是掉线了，迟迟未见他再打回来，这才彻底相信，路沉地刚才确实是主动挂断了电话。这在我和他的"通话史"上还是破天荒的头一回，我和他平时通话，每次都是我先挂断电话的。路沉地看来是真生气了，其实这样也好，如果刚才一味地在电话里和他掰扯下去，我还真不知道该怎样收场。

　　一个星期后的中午，吕念祖的女儿吕茗茗给我打来了电话，告诉我她和初琳老师已经从外地回来了，并且约我星期天中午去她家吃饭。

　　我欣喜若狂，在第一时间将这个消息通过微信告知路沉地。路沉地的回复仍旧迅速，反应却比较平淡，只回复了三个字："知道了。"

　　我在稍感意外的同时也猛然想起，路沉地已经一个星期没追问我初琳老师是否回来了。那天他挂断我电话后，我们俩也整整一个星期没有任何形式的联系。看样子路沉地的气还没消，这是以前从没有过的情况，我不禁反思自己那天的话是不是说得有些重了。

于是，我主动给路沉地拨过去一个电话，路沉地立马就接了。

可我这边还没想好要说什么，只好没话找话地讲起了吴氏兄妹最近频繁骚扰我的事。

"这段时间，吴奎学、吴奎蓉天天给我打电话或者发微信。我烦透了，要不然就把那幅画给他们吧。反正，那幅画和咱们也没什么关系。"

"不行。"路沉地的回答出奇地坚决。

"为什么？"我不解道。

"咱们确实和那幅画没什么关系，但吴家那兄妹俩不配拥有那幅画。你仅仅因为不堪其扰就把那幅画送给他们俩，完全是在助纣为虐。"

仔细想想，路沉地说得似乎有些道理，我也就不再坚持了。

我一时不知道该说什么好了，但更令我不满的是，路沉地那头也没再言语。印象中，这还是我们俩头一次在电话里出现冷场的情况，最后我直接挂掉了电话。

转天，吴氏兄妹又来纠缠我，最终被我在电话和微信上都拉黑了。

星期天中午十一点，我按照吕茗茗告诉我的地址，如约来到牡丹园西里初琳老师的家中。一个看起来比大我几岁的年轻女孩子为我开的门，女孩子一头长度适中的披肩发，五官标致，额头饱满，绝对算得上是美女，我猜她应该就是吕茗茗。

　　"你好，我是米菲。"

　　"你好，我是吕茗茗，快请进吧。"

　　简单打过招呼后，我进到屋里。映入我眼帘的是一个非常宽敞的大客厅，大客厅的尽头看起来像是厨房，虽然关着门，但隐约可以听到里面有炒菜的声音。

　　我刚换好拖鞋，厨房的门开了，走进来一个系着围裙的中年女人，不用问她肯定就是初琳老师。

　　初琳老师身形娇小，举手投足间透着儒雅和端庄，看外表颇具江南女子的婉约范儿。虽然我和初琳老师是初次见面，但望着她那张慈眉善目的脸，我并不感觉陌生，反倒有几分亲切感。

　　"初老师您好，我是米菲，今天给您添麻烦了。"

　　初琳老师面带微笑慢慢走到我面前，不住地打量着我的脸，面对我的问候，她只是点头回应，嘴上没有任何言语。

　　初琳老师的目光很柔和，给人一种暖暖的感觉。她抬起一只手轻轻抚摸着我的脸，嘴里自顾自地念叨着："可怜的孩子，这么小就没妈妈了。"

初琳老师的话让我很动容，情不自禁地眼睛一热，幸好因为右眼角那颗泪痣的存在，让我锻炼出了忍泪不出的独特技能，不至于在初琳老师和吕茗茗面前失态。

一番寒暄之后，初琳老师说还差两个菜就可以开饭了，让吕茗茗带我到各个房间随便参观。

初琳老师家很大，有四个卧室、一个书房、一个餐厅，甚至连卫生间都有两个。当吕茗茗告诉我，两个多月前我妈妈也来过这里时，我在心里不由得对这里萌生了几分特别的感觉。

初琳老师一共做了六个菜，数量虽然不多，却样样精致，而且能明显感觉到初琳老师是很用心的。一起吃饭的时候，初琳老师和吕茗茗不时为我夹菜，一再让我千万别拘束。

初琳老师的本意是让我先好好吃饭，有什么话等饭后再慢慢说。可是我实在太心急了，没等吃完饭，就忍不住开始了询问。

"初琳老师，苏老师把情况都和您说了吧？"

初琳老师和蔼地一笑："嗯，都说了。怎么说呢？当听说你妈妈意外去世的消息时，我特别难过。我和我们全家都对你妈妈非常感激，但没想到最后却间接造成了你妈妈的意外离世。孩子，阿姨真的很抱歉，真的很对不起你。"

我连连摆手道："初琳老师，您千万别这么说，很多事情是我们无法控制和预料的。"

初琳老师叹息道："不说这些了，先回答你最想了解的问题吧。我不认识林晶文这个人，我只知道你妈妈是米露萍。"

初琳老师此言一出，犹如一声惊雷在我心底炸响。我瞬间明白了自己为什么会姓米，妈妈的微信名为什么叫"迷路的瓶子"。

"你妈妈和念祖同岁，都属猪，都是山东文登人。说起来他俩还是亲戚，只不过没有血缘关系。一九八五年，你姥姥带着你妈妈嫁给了念祖的叔叔吕政军。你妈妈和念祖正是在那个时候认识的，并且后来逐渐发展成恋人关系。一九八八年，吕政军因为肝癌去世后，你姥姥带着你妈妈离开了吕家。不过，你妈妈和念祖私底下还保持着密切的联系。一九八九年，念祖考上西外后，他和你妈妈的恋情彻底公开了，却遭到了你姥姥的坚决反对。反对的理由是吕家有家族遗传性肝病，你姥姥担心念祖会像吕政军一样命不长久。"

初琳老师话说到这里时，不自觉地侧了一下头，瞟了一眼旁边的吕茗茗。吕茗茗眉头微蹙，面露不悦，径自低头吃饭。

"你姥姥的反对并没有拆散你妈妈和念祖，你妈妈在文登妇幼保健院做护士工作，一到休息日就偷偷跑到北京和念祖见面，他们俩也只能通过这种方式来维系那段异地苦恋。但是，你姥姥始终不同意他们在一起，他俩的爱情最终还是没能有结果。一九九四年夏天，你姥姥带着你妈妈去了日本。一九九五年二月份的时候，你妈妈突然到北京来找念祖，那时念祖已经和我结婚了。你妈妈后来伤心欲绝地离开了，从此消失在了我和念祖的生活里。

"直到两个多月前，你妈妈在北京偶然得知了念祖病重的消息。她辗转找到这里，那时候念祖已经心灰意冷，彻底放弃了治疗。在你妈妈的鼓励下，念祖重新开始接受治疗。你妈妈回到大连以后，每天都通过视频聊天为念祖加油打气，可惜最终还是没能挽回念祖的生命，念祖在十月十二日晚上九点十八分离世。十月十三日上午你妈妈又在微信上发来视频申请，茗茗在视频里告诉你妈妈念祖已经去世的消息。想不到，你妈妈竟然很快就意外去世了。"初琳老师痛惜道。

我凭直觉判断，初琳老师的话虽然不多，信息量却极大。

我问初琳老师："我从未听妈妈提及过我的姥姥，您知道我姥姥的详细信息吗？"

初琳老师摇头道："具体的不太清楚，我只依稀记得你姥姥姓何。"

我脑海里自动闪现出一个人的名字：何英姿，林晶文的亲生母亲。初琳老师一语道破天机，我迅速把当年发生的很多事情串联在一起。可是，我转念一琢磨，又觉得哪里不太对劲儿，具体不对劲儿的地方一时又说不上来。

　　初琳老师见我愣神儿了，误以为我很失望。

　　"孩子，可能阿姨并没有解答你心里所有的疑问，但是阿姨知道的，就只有这些了。念祖和你妈妈都不在了，很多事情即使全搞清楚了又有什么意义呢？"初琳老师语重心长地说道。

　　吃过午饭后，我又在初琳老师家待了一会儿才告辞。吕茗茗亲自送我到楼下时，我看到院子里有一群老年人正在热火朝天地打乒乓球，遂不由自主地走上前驻足观看起来。看着看着，眼前慢慢浮现出小时候和路沉地一起学打乒乓球的场景。

　　我和路沉地一起学了三年乒乓球，教练从一开始就说我的球感差，打着玩玩还可以，向专业发展不可能有前途。路沉地却很有天赋，教练一直把他当作重点培养对象。我们一起练球时，我更多地扮演着陪练的角色，这让我对乒乓球渐渐失去了兴趣，到后来彻底不学了。路沉地见我不学了，也跟着不学了。教练觉得路沉地中途放弃太可惜，好几次到他家里做思想工作都未能成功。长大后，路沉地总拿这个事情和我开玩笑，说我耽误了他的大好前程，如果当年他一直练下去，说不定早进国家队了。

我自顾自地回忆着往昔，全然忽略了身旁的吕茗茗。吕茗茗一直在和我说话，我都没有任何反应。最后，她轻推了我一下，才把我拉回到现实中来。

"想什么美事儿呢？"吕茗茗微笑着问道。

我不好意思地抿了抿嘴唇，摇着头掩饰道："没什么。"

告别了吕茗茗后，我坐地铁十号线回学校。地铁车厢里十分嘈杂，我背靠着一侧车门站立。在无尽的摇晃中，我的思路一点点清晰了起来，也终于想起来那个不对劲儿的地方在哪里了。

妈妈和林晶文长得很像，自然也和何英姿长得相似。从表面上看，妈妈似乎是何英姿的亲生女儿，但是因为那个魔咒的存在，何英姿是不可能和自己的亲生子女生活在一起的。唯一合理的解释就是，妈妈不是何英姿的亲生女儿。

初琳老师说过我妈妈和吕念祖同岁都属猪，我用手机查了一下，妈妈真正的出生年份应该是一九七一年，比林晶文大两岁。一九七一年时，何英姿还未结婚，这也从另外一个侧面证明，妈妈只能是何英姿的养女。何英姿收养妈妈的原因，很可能因为妈妈长得像林晶文，这样一切就都能解释得通了。

我现在还剩两个问题没有答案，一个是妈妈当年和林

129

晶文互换身份的原因和详细过程，另一个是林晶文后来的去向。

这两个问题由于当事人的死亡或者缺失，我只能靠推理来拼接。

何英姿当年和妈妈一起到日本定居后，可能通过某种途径找到了破解魔咒的方法，后来何英姿安排林晶文到日本去做试验破解魔咒。可以肯定的是后来试验失败了，却改变了妈妈和林晶文的命运，她们两个人因为相似的容貌互换了身份。林晶文因为失去爱情而灰心丧气，用米露萍的名字留在了日本。妈妈为了得到爱情，用林晶文的名字重新回到国内。我觉得这就是真相，至少也是非常接近于真相的。

回到寝室后，我打电话给路沉地，告诉他自己在初琳老师家刚刚经历的一切以及我对整件事的推理判断，也想让他帮着我分析分析。

路沉地的反应依然冷淡，或者说完全是漠不关心的态度。听完我的讲述之后，路沉地久久未发一言，我不免有些生气，质问他："你对这件事已经没兴趣了？"

"是的，因为我不想失去你。"路沉地淡淡地回答道。

听他这话的意思，似乎又有要向我深情告白的苗头，我赶紧转移了话题："你那部名叫《双重身份》的小说，是不是不打算继续写下去了？"

"我会继续写下去，直到全部写完的。"路沉地回答得倒是十分干脆。

"切，口是心非的家伙儿。"

说罢，我气呼呼地挂断了电话。

晚上临睡前，我又收到路沉地发来的小说链接，他在微信里附言道："刚写完了一段，你一定要好好看。"

对于路沉地这段时间对我的冷遇，我心里气不过，遂赌气地秒回道："已阅，写得非常非常非常好，可以得诺贝尔瓷砖奖了。"

路沉地秒回了我一个难过的表情。他知道我根本没看，只是在搪塞他、嘲讽他。

片刻之后，路沉地又发来了一条信息，上面写着："现实中的结局太不好了，我要在小说里另换一个结局。"

我没再搭理路沉地，带着特别解气的心情安然入梦。

第十一章 手 机

自从进入大学以后，我主要的精力和心思并没有放在学业上。现在一切都结束了，我要清空大脑中的各种杂念，专心做一个纯粹的大学生。

十二月九日星期天，一大早我就收到了一个路沉地发来的包裹。打开后意外地发现是一部全新的 iPhone XS 手机，手机是金色的，正是我一直都梦寐以求的那一款。

同寝室的艾华和张丹也围了过来，她们二人用羡慕的目光望着我手中的 iPhone XS 手机。艾华调侃道："这手机小一万块钱呢，快和我们说说，是哪个帅哥舍得下这么大的血本？"

"不会是你早就有相好的吧？"张丹一脸坏笑地问我。

对于她俩的提问，我一概置之不理。这个时候，我没心情搭理她们。在惊喜之余，我也在心里纳闷，路沉地哪来的那么多钱买手机送给我？何况这不过年不过节的，他突然送我手机是什么意思？该不会是又要向我求爱吧？

我隐隐觉得有些不安，自己还无法坦然面对路沉地的示爱。于是，我走到寝室外面的走廊上给路沉地打了个电话。

电话接通后，我直接问道："一二九现在时兴送手机了吗？"

电话里传来了路沉地爽朗的笑声："哈哈，你收到了呀。怎么样，喜欢吗？"

我："你哪来的钱买手机？"

路沉地卖起了关子："这你就别管了。"

我："再说了，你这算什么呀？"

路沉地："生日礼物啊，你不是快过生日了吗？"

我："那也用不着这么早吧？还买这么贵的东西。"

路沉地轻描淡写地回答道："不贵，不贵，只要是你喜欢的，多少钱都不贵。再说你今天不是要参加合唱比赛吗？就算是提前送给你的获胜奖励吧。"

我："切，东大所有的学院都要参加比赛，你怎么知道我们经济学院一定会赢？"

路沉地笃定道："因为你们经济学院有你米菲呀。"

我："嗯，说得有道理，姐姐我很高兴，但是我还不能要你的礼物。"

"大连这两天挺冷的，还下雪了，北京怎么样？"路沉地故意岔开了话题。

　　我："北京也冷，但一直没下雪，几乎天天有雾霾。"

　　路沉地："你今天有什么安排？"

　　我："没安排，一会儿把这部 iPhone XS 挂网上卖了，把钱还给你。"

　　路沉地急了："你要是敢卖，我就和你绝交。"

　　我："绝交就绝交，谁怕谁啊。"

　　"我的好菲菲姐姐，你就收下吧。大不了，下个月等我过生日的时候，你也给我一个贵重点的礼物。"路沉地哀求道。

　　我断然拒绝："我可给不起。"

　　"反正我不管，你必须得要。"

　　路沉地耍起了无赖，并且很快推托有事结束了通话。

　　按照往年的惯例，路沉地每年都会在十二月二十日当天送我一个生日礼物。大多是一两百块钱的小物件。今年也不知道他是怎么想的，提前了这么多天将生日礼物送到我手里。而且路沉地今年的礼物过于贵重了，虽然礼物是我一直心仪的，我却完全高兴不起来。

　　对于路沉地这种没有收入的普通大学生，将近一万块钱绝对不是一个小数目。那部金色的 iPhone XS 手机在我看来更像是一个沉重的负担，我不打算使用它，但一时也没想好该怎样处置它，只能将其暂时锁进柜子里。

上午九点的时候，吕茗茗给我打来了电话。说是有事和我商量，约我下午两点在东大东门斜对面的当代商城一楼 COSTA COFFEE 咖啡厅见面。因为我下午要参加学校的"一二九"合唱比赛，我们又把约会时间提前到上午十点。

一个小时后我准时赴约，可能是因为刚刚开门营业的缘故，咖啡厅里冷冷清清的。我原以为自己先于吕茗茗到达，可环顾了一圈后，发现吕茗茗坐在正门旁边的一个小角落里静静地看着书。

吕茗茗穿了一件粉红色的连帽外套，头发也扎成了马尾状，显得干净利落。她看到我后，脸上露出了甜美的笑容，向我招手示意。

待我走到吕茗茗跟前时，她微笑着说道："这里安静，没有干扰，谈事情更方便一些。"

我心里十分好奇吕茗茗找我要谈的事情，看样子不像是小事。随后，吕茗茗点了一杯杏仁摩卡，我要了一杯香草拿铁，我们俩伴着咖啡的醇香，开始了交谈。

算起来，这是我和吕茗茗的第二次见面。彼此却并不生分，在吕茗茗身上有一种亲切感。上次在她家的时候，我就感觉到了。吕茗茗比我大三岁，对我很照顾，我们俩在外人看来，就像是老朋友一样。

吕茗茗告诉我，遵照吕念祖生前的遗愿，去世后要将骨灰撒在家乡文登的大海里。吕念祖生前和我妈妈在一次视频聊天时曾提及此事，我妈妈当时回应说她自己去世后会效仿吕念祖的做法。这是吕茗茗在一旁亲耳听到的，所以吕茗茗这次找我主要是想问问我，是否愿意和她同去文登，将我妈妈的骨灰也一起撒入大海。吕茗茗觉得这么做对吕念祖和我妈妈来说都是具有特殊意义的。

　　"这么做初老师能同意吗？"我第一反应是初琳老师的态度。

　　"你完全不用担心这个问题，其实让我爸爸和你妈妈的骨灰一起撒入大海，正是我妈妈的建议。"

　　"初老师真是一个胸怀宽广的人。"我不由得赞叹道。

　　"那你是同意啦？"吕茗茗问我。

　　我迟疑了一下，在心里反复权衡了一番，最后才道出自己的决定："我妈妈走得突然，没留下任何遗言。倘若真如你刚才说的那样，那么将我妈妈的骨灰撒入文登的大海里，无疑是最合适的安排，我没有理由不同意。"

　　随后，我们俩商定了具体的时间和行程。因为我还要回大连取妈妈的骨灰，所以我们俩定在十二月十二日晚上在文登会合，十二月十三日上午在文登海域撒骨灰。所有细节都商量妥当后，我起身准备离开，吕茗茗却拉住我执意要和我再聊一会儿。

我重新落座后，吕茗茗却迟迟没开口说话，一直凝视着我的脸。她的目光很深邃，看得我莫名其妙的。

"茗茗姐，我脸上有帅哥吗？"我俏皮地问道，同时伸手过去轻推了一下她的肩头。

吕茗茗淡淡一笑："有件事上次你来我家时，我就想告诉你，但当时我妈妈在旁边，我不太方便说。"

"说来听听啊？"

"在我爸爸的遗物中，有一个包着蓝色塑料皮的旧笔记本，扉页上有一行豪萨文，意思是：无论何时何地，你我都在彼此心中。是我爸爸亲笔写的。我爸爸当年把笔记本送给了你妈妈，你妈妈一直用来记日记。后来，你妈妈又把笔记本还给了我爸爸。多年来我爸爸一直将笔记本锁在家里的保险柜里，我爸爸去世后，我妈妈没参加我爸爸的葬礼。在葬礼前一天的晚上，我妈妈从保险柜里找出了那个笔记本交到我手上，她告诉我说，按照我爸爸生前的特别交代，他去世后，这个笔记本要跟着他的遗体一起火化。我妈妈还专门叮嘱我，不准我偷看笔记本里的内容，她自己也不知道笔记本里到底写了些什么。那天夜里，经过一番激烈的思想斗争后，我没能控制住心中的好奇，最终还是打开了那个笔记本，偷看了里面的所有日记。"

我喜出望外，开心地问道："你现在是要告诉我日记里的内容吗？"

　　吕茗茗伸出双手紧紧地握住了我的两只手，严肃地说道："米菲你知道吗，其实我一直都对偷看你妈妈日记的事儿挺自责的。不过，知道你在调查一些事情后，特别你那天来过我家以后，我觉得我那晚的决定是对的。那个笔记本现在已经化成灰烬了，而我是这个世上唯一知道里面内容的人。可能我这是在自我安慰，但是，我确信自己的使命就是把日记的一些关键内容毫无保留地讲给你听，尤其是你妈妈当年到日本之后发生的事情。"

第十二章　日　记

1994 年 8 月 29 日　　　星期一　　　夜

今天是来广岛的第一天，岛田社长已经为妈妈和我安排好了一切。我们住的公寓在安佐北区安佐町，我来到这里做的第一件事就是先问清楚公寓的详细地址，好写信告诉念祖。岛田社长请妈妈和我在外面吃的晚饭。席间，岛田社长几次专门向我敬酒致谢。看样子，他也知道妈妈之所以能同意来日本帮助他，主要是因为我。

刚刚给念祖写完了信，只能明天寄出去了。不知道念祖什么时候能收到，很想念我的念祖，不知道他一个人在北京有没有好好照顾自己，有没有想我。

1994 年 9 月 2 日　　　星期五　　　夜

广岛比文登热多了，文登现在这个时候早晚已经很凉快了，可这里还是像盛夏一样炎热。对于广岛这座城市，我以前只知道在二战期间被美国的原子弹轰炸过。这几天岛田社长专门派人带妈妈和我去了广岛的一些景点，有宫岛、原爆圆屋顶、和平纪念公园、广岛城、安佐动物公园。我对广岛也有了一些初步的了解，广岛市以及整个广岛县所处的位置在日本被称作中国地方，挺有意思的，也让我对这里有了一点点亲切感。

这里靠近的海叫濑户内海，站在那里仿佛置身于文登的海边。海风吹在脸上，我不由得开始想念文登的家了，也想念文登妇幼保健院的同事们，更想念我的念祖。

1994 年 9 月 8 日　　　　星期四　　　　夜

从这个星期开始，妈妈正式进入工作状态。每天早上八点，都有专车过来接妈妈去岛田社长的工厂。白天只剩下我一个人在家里，语言学校要等到下个月才能开学。妈妈总念叨着让我先把日语学好，再考取日本的护士资格，以后在日本还做我的老本行。可是，怎么可能有以后呢？妈妈亲口答应我的，给我和念祖一年的时间，如果一年过后我和念祖还是彼此分不开，就成全我们。正是因为有这个前提条件，我才同意和妈妈一起来日本的。

我只是这里的一个过客而已，再过一年，不，再过十一个多月我就要回文登了。不对，我要去北京，去和我的念祖团聚。我只要再坚持十一个多月就可以了，所以说学日语也好，考取日本的护士资格也好，对我来说没有任何意义。我能做的只有等待，只不过，等待真的很折磨人。我的信念祖应该收到了吧，如果没有意外的话，他的回信应该已经在路上了。

1994 年 9 月 11 日　　　星期日　　　夜

不知何故，还没有收到念祖的回信。我现在每天都要到公寓一楼的报箱查看无数次。我已经等不及了，今天下午又给念祖寄去了第二封信。我想念祖和我一样，一定也希望这一年快点过去。在无法见到我的日子里，想必他只有把所有注意力都放在工作上，才能熬过每一天那漫长的二十四个小时，而在这里无所事事的我又能靠什么来打发时间呢？

1994 年 9 月 16 日　　　星期五　　　夜

今天下午，我委托妈妈的翻译长谷小姐带我去邮便局专门咨询了一番。我给念祖寄信的格式和流程完全没有问题。可是，我为什么还没有收到回信呢？这中间会不会出现了其他的问题？

这些日子里，我曾做过各种各样的假设，可无论我怎样胡思乱想都是徒劳的，最终结果只能是自我安慰。我坚信不管遇到什么困难都是暂时的，一定都会好起来的，就像妈妈那样，虽然草柳编①技艺精湛，却因为近年来流行起来的机械化生产失去了用武之地。妈妈本以为只能空怀绝技了却余生，却意外地在一个偶然的机会结识了岛田社长。这就是所谓的峰回路转吧，让我望眼欲穿的回信，此时此刻又在哪座峰、哪条路上呢？

1994 年 9 月 22 日　　　星期四　　　　夜

盼星星，盼月亮，终于盼来了念祖的回信，我却并不开心，信太简短了，还不到一页纸。盼了将近一个月的信，两分钟就看完了。虽然念祖在信上没提工作上的事，可我知道他平时工作也挺忙的，回信写得短也是正常的。总之，能收到回信就是好事。

来广岛的这些日子，我去的次数最多的地方就是菜市场了。不得不说，这里的物价太可怕了。一个苹果要二百一十日元，折合人民币将近二十五块钱；一个西红柿要一百三十日元，折合人民币差不多十六块钱。简直难以想象，尽管妈妈每个月在岛田社长那里得到的薪水很高，但我想好了，等日语进步一些了就去找份兼职做。

---

① 草编和柳编，属于中国民间传统手工艺。草编原材料为玉米皮、席草、茅草、麦秸等；柳编原材料为柳条、桑条、荆条、紫穗槐条等。

1994 年 9 月 30 日　　　星期五　　　夜

亚运会马上就要在广岛开幕了，这几天整个城市都洋溢着节日的气氛，大街小巷随处可见亚运会吉祥物的卡通形象。听说那两个卡通形象是两只鸽子，我看更像是两只小鸡。反正看着怪怪的，不怎么舒服，和我们的熊猫盼盼[①]相比差太远了。

不知不觉中，时间过得真快。记得上次北京亚运会开幕时，我刚从护校毕业分到妇幼保健院没多久。一晃四年过去了，我现在竟然身处异国他乡。为什么来日本之后，感觉时间一下子慢下来了呢？

1994 年 10 月 2 日　　　星期日　　　夜

刚刚看完亚运会开幕式，日本的明仁天皇也来广岛了。平时总能看到平成六年的字眼，平成就是明仁天皇的年号。今天在电视上头一次看到明仁天皇，原来是个小老头。整个开幕式我最关注的环节是运动员入场仪式，数中国代表团的旗手最帅了。这个时候能看到咱们中国人的身影，感觉格外亲切。

明天就要正式去语言学校上课了，一想到终于不用闲

---

① 一九九〇年北京亚运会吉祥物。

在家里无聊了，心里就美滋滋的。

1994 年 10 月 7 日　　　星期五　　　夜

　　岛田社长当初把妈妈和我住的公寓选在安佐町，主要是为了方便我学习日语。从公寓到语言学校步行五分钟就到了。在语言学校上课的这几天是我来广岛后最开心的日子，我认识了很多来自中国的同学。尽管大家来自祖国各地，口音也大相径庭，但同为中国人，让大家很快就亲密起来。我年龄最大，他们都叫我大姐。我和顾倩最要好，她比我小三岁，是青岛的，也是八月份来的广岛。

　　昨天上午课间休息的时候，大家一起商量利用课余时间去为亚运会当志愿者的事。具体做什么还不太清楚，只知道会安排中国留学生为中国运动员服务。不知道能不能遇到中国代表团的那位帅哥旗手，我打听到他的名字叫刘玉栋，是中国男篮的。当然了，在我心里最帅的人还是念祖。还没收到念祖的第二封回信，应该快到了吧。

1994 年 10 月 13 日　　　星期四　　　夜

　　真没想到邓亚萍会输，我一直都觉得邓亚萍是不可战胜的。本来还想着等比赛结束了找邓亚萍签个名、合张影呢，看到邓亚萍赛后流泪的样子，我心里也跟着难过。听顾倩说，那个小山智丽其实是中国人，原来叫何智丽，后来嫁到日本才改名小山智丽。看到她赛后忘乎所以地疯狂庆祝，我特别不理解，即便是入了日本籍，她也是中国人啊！姓可以换，根是永远换不了的。

后来颁奖的时候，我们这些来自中国的留学生志愿者都借故离开了现场。我们鄙视小山智丽，永远鄙视她。

1994 年 10 月 15 日　　　星期六　　　夜

我要疯了，刚刚和妈妈大吵了一架，这应该算是我们母女十三年来最严重的一次争吵。天快黑的时候，邮差送来了念祖的第二封回信。随信一起寄来的还有一张结婚证复印件，结婚证上的男主角是念祖，女主角名叫初琳。看着念祖和那个叫初琳的女人在那张复印件上不太清晰的合影，我大脑一片空白，泪水瞬间模糊了双眼，在念祖身旁的人不应该是我吗？

在刚刚过去的国庆节，念祖竟然和别的女人结婚了。这让我情何以堪。原来这一切是一场阴谋。妈妈和念祖早就商量好了，先把我骗到日本来，等念祖结婚后再告诉我真相。其实念祖早就放弃我了，我来日本之前他和我说的那些话都是骗人的。我反应太迟钝了，从他第一封回信的姗姗来迟就应该察觉出异常。

念祖怎么可以这样呢？我们说好了要永远在一起的。他在信里写的最让我扎心的一段话是："露萍，不要怪你妈

145

妈。这个世上，有很多事情是没有对错的。你如果要怪，就怪我吧，怪我的身体无法和你天长地久；怪我面对真爱，无法像你一样坚定。我不求你能原谅我，只希望你能理解我。我是个男人，是一个普通人，也渴望能够得到尊重。在婶子那里，我受尽了歧视和侮辱，我不想一辈子都在别人异样的目光下卑微地活着。"

我实在想不通，仅仅因为身体不好，就可以让一个男人在爱情面前那么不自信吗？我和念祖相识快十年了，从认识他的第一天，我就知道他的肝不太好。这些年来，我对他可曾有过一丁点的嫌弃。我承认，念祖在妈妈那里受了很多委屈，可是我对他的那些好难道还抵不过那些委屈吗？

念祖在信中最后写道："山高水长，最后还是要天各一方。既然我们无法相濡以沫，那就彼此相忘于江湖吧！露萍，再见！"

可是，我和念祖这么多年的感情真能用"再见"二字来结束吗？

1994 年 10 月 21 日　　　星期六　　　夜

有生以来第一次体会到痛不欲生的滋味。从没想过念祖会离开我，犹记得念祖当年教给我的那句豪萨语："无论何时何地，你我都在彼此心中。"

非洲话很难学，念祖一字一顿地教我发音，我学了很久才学会。念祖要我一辈子都记住这句话，说这句话就是我们爱情的誓言。他还把这句话的豪萨文写在了这个笔记本的扉页上。这些年来，我一直把这句话铭记在心里。可是念祖呢？他怎么能那么轻易地就妥协了呢？

这几天一直在失眠，我的世界好像突然失去了颜色。对什么事情都提不起兴趣，仿佛一切事物对我来说都无所谓了。和妈妈的冷战仍然在继续，快一个星期了，我们俩没说过一句话。

1994 年 10 月 23 日　　　　星期一　　　　晨

这段时间夜里睡不着觉，我就拿出念祖的那张结婚证复印件看，常常能一直看到第二天天亮。昨天夜里又是如此，就在刚才，我无意间有了一个重大的发现。那张结婚证复印件好像有问题，上面有个印章不是很清楚，但可以通过前后的文字判断印章的全部文字是：北京市门头沟区民政局。也就是说结婚证是北京市门头沟区民政局签发的，这就有矛盾了。念祖的户口在西外的所在地北京市海淀区。那个初琳我以前见过，对她有一些了解，她是湖北人，和念祖同届不同班，和念祖一样，初琳也是去年毕业后留校任教的。从这一点来判断，初琳的户口也应该在北京市海淀区，他们俩如果登记结婚的话，按理说不应该在海淀区民政局吗？怎么跑到门头沟去了？

我进而有了一个大胆的猜想，会不会是念祖为了让我死心，故意伪造了一张假结婚证复印件呢？仔细想想，我觉得这种可能性是很大的，我越想越兴奋，也更加怨恨妈妈，这个馊主意很可能就是她出的。

以前顾倩提过一嘴，她有个同学正在西外读书，我可以拜托顾倩的同学暗地里了解一下念祖有没有真正结婚。不写了，我要马上去学校找顾倩去。

1994 年 11 月 3 日　　　星期四　　　夜

吃过晚饭后，顾倩打来了电话，她那位西外的同学寄来了回信。念祖并没有结婚，那张结婚证复印件果然是伪造的。我真傻，一张假结婚证复印件就让我信以为真了，早该想到念祖不可能舍弃我的。

我有一种重获新生的感觉，以后我不会再犯傻了。妈妈还不知道我已经获知了真相，就让她蒙在鼓里吧，我要不动声色地静待一年期满后和我的念祖团聚。

太开心了！

1994 年 11 月 6 日　　　星期日　　　夜

这几天，我多次向妈妈示好，可她总也不理我，都过去这么长时间了还在生我的气，看来妈妈这次是彻底伤心了。我特别后悔，那天吵架不应该说那么多的过头话，尤其不应该说她只是把我当成她亲生女儿的影子。我那天真是昏头了，怎么能说出那样的话呢？

过去我一直以为，当年妈妈把我从文登福利院接走，是因为我的相貌和她酷似。我们俩走在大街上，没人会想到我是被收养的。妈妈收养我那年，我十岁，已经懂事了。我那时虽然喜欢妈妈却并不认同她是我的母亲，在我们一起生活最初的那三年，我都是叫她何阿姨的。直到后来，我在心里真正接纳她了才正式开始叫她妈妈。

妈妈对我很好，可以说是视如己出。就在我几乎要忘记自己是个养女的时候，我偶然得知妈妈在威海有一个和她长得一模一样的女儿。我有一点点失落，觉得自己只是一个影子。这么多年来，我一直将这种感觉深藏在心底，直到那天晚上我失去了理智才口不择言地说了出来，我真该死。

平心而论，妈妈为我付出了太多太多，要不是因为我，她也不用背井离乡来日本。妈妈是一个特别可怜的女人，由于一些说不清楚的原因，她无法和自己的亲生女儿生活在一起，和自己的丈夫也离了婚，她一直郁郁寡欢地活着。

后来，妈妈遇到了吕叔叔。生命里终于有了阳光，可这缕阳光仅仅照耀了她三年，吕叔叔就因为肝癌去世了。妈妈不同意我和念祖在一起，恰恰是因为她深刻地体会到短暂的幸福过后是长时间的痛苦。念祖和吕叔叔一样都有家族遗传性肝病，我可以不在乎念祖的身体不好，但是应该体谅妈妈的心情。她对我完全没有私心，所有决定的出发点都是为了我好。

我有些害怕，害怕和妈妈再也回不到以前那种状态了，我该怎么办才好呢？

1994 年 11 月 11 日　　　　星期五　　　　夜

天气渐渐变冷了，这里既没有暖气也不生炉子。用一种叫"炬燵"①的东西取暖，妈妈和我都不是太习惯。妈妈还是不怎么搭理我。

最近这段时间，我的日语进步很快。平时在外面和日本人进行简单的对话已经基本上没有问题了，这可能是得益于生活在日语环境下吧。现在说汉语的机会少了，有时候我忍不住瞎想，明年回国的时候会不会把汉语都忘光了。

说到明年回国，还有很长一段时间。为了充实自己的生活，我前天已经正式提出申请，利用闲暇时间去离家最近的广岛市立安佐市民病院做义工。日本很有意思，大医院都叫病院，小诊所才叫医院。来日本两个多月了，我和

---

① 日本传统取暖用具，也称暖桌或被炉。旧式炬燵桌下有一个约数十厘米深的坑，使用炭火发热；现代炬燵是一张正方形矮桌，上面铺上一张棉被，使用电动发热器发热。

妈妈中国式的思维方式依然在脑子里占据主导地位。我作为年轻人适应能力相对要强一些，妈妈在这方面就不行了，经常闹出笑话来。

很想我的念祖，暂时也不能给他写信，唯有坚持坚持再坚持。

1994 年 11 月 20 日　　　星期日　　　夜

今天第一次去安佐市民病院做义工，我没有日本的护士资格不能做和护士相关的工作，只能做一些辅助性的工作，类似国内医院的护工。这里和国内的医院差别很大，我本身作为医务工作者具有一定的知识和经验，今天却头一次见到量血压不仅要量双臂的，还要量双腿的。

总的来说，这里的工作要比国内医院细致得多，也更人性化一些。不过挺累的，来日本已经快三个月了，今天还是第一次有疲惫的感觉。

1994 年 11 月 23 日　　　星期三　　　夜

简直太恶心了，我竟然遇到了变态。下午放学回来的路上，在巷口的便利店前，一位大叔向我招手，他脸上的表情看起来十分痛苦。我问他怎么了，他告诉我说他心脏不舒服，四肢都麻了，动弹不了，求我帮他把装在裤兜里的药拿出来喂给他吃。我没多想立即把手伸进他的裤兜里，我没摸到药，却摸到了一个软软的东西。

当我意识到那个软软的东西是什么时，那个可恶的变态大叔已经发出了狞笑。我下意识地缩回了手，彻底吓傻了。等我回过神儿时，那个变态大叔已经跑掉了。

当时四下无人，我又是第一次遇到这种事情，站在那里不知该如何是好。想报警又很害怕，最后只好一个人跑回了家。我不敢告诉妈妈，怕她为我担心。要是念祖在身边就好了，他可以保护我，这时候格外思念我的念祖。

1994 年 11 月 28 日　　　星期一　　　夜

那次恶心的遭遇让我心里产生了阴影。最近走在路上，我总觉得那个变态大叔就在身后，或者突然出现在面前，平时没事都不敢出门了。来日本的这些日子，我已经渐渐习惯了这里的井然有序和彬彬有礼，真想不到会发生那样的事情。

我后来冷静下来仔细回忆了一下，那个变态大叔我以前在上学和放学的路上碰到过几次。他总是穿着一件米黄色的风衣，头上戴着鸭舌帽，走路速度极快。我在犹豫，如果下次再遇到他，我该不该报警呢？

1994 年 12 月 4 日　　　星期日　　　夜

广岛下雪了，这是我第一次亲眼见到日本的雪。听说广岛很少在十二月初下雪，不知道这算不算是自己的一种幸运。事实上，我今天确实很幸运。今天我在安佐市立病院的工作是为来病院产检的孕妇导诊。在和一位名叫深田理慧子的孕妇闲聊时，意外了解到这样一件事情。

深田理慧子有个朋友叫柴崎遥，生活在神户。和深田理慧子一样，柴崎遥现在也怀孕了。和深田理慧子不同的是，柴崎遥此前四次怀孕生产，宝宝均是在出生后两天内夭折。柴崎遥的丈夫柴崎真司是神户大学医学部附属病院的教授，多年来一直为宝宝夭折的事进行专门研究。

柴崎真司教授最后的研究结论是：在柴崎遥的身体里有一种非常罕见的不知名病毒，这种病毒会遗传给下一代，但是在遗传过程中会出现细微的变异，造成大人体内的病毒和宝宝体内的病毒相互排斥。这种病毒往往会通过唾液、泪液、汗液、鼻涕、尿液等途径被排出体外，无论是大人还是宝宝都很容易接触到对方的病毒。大人能自动产生抗体，宝宝却不能，一旦接触到大人的这种病毒只有死路一条。

经过多年的努力，柴崎真司教授终于在今年年初自行研制出了一种可以让不知名病毒之间不发生排斥反应的药物。由于还没经过临床试验，现在只能等柴崎遥腹中的宝宝出生后服用了药物才能知道确切的疗效。

听完柴崎遥的奇特经历，我马上联想到妈妈。妈妈的情况和柴崎遥非常相似，很有可能也是这种病毒携带者。

按照柴崎真司教授的研究结果，大人可以抵抗住这种病毒之间的排斥反应，是不是就意味着妈妈和她的亲生女儿现在即使面对面，也不会有任何危险了？

我一回到家就把柴崎遥的遭遇讲给妈妈听，妈妈听完后非常激动，一改多日来对我的冷漠态度，眉飞色舞地让我赶紧打听柴崎真司教授的联系方式，她要见柴崎真司教授。我没有深田理慧子的联系方式，只能等到明天再去一趟安佐市立病院，先查到深田理慧子的联系方式，才能通过深田理慧子知道柴崎真司教授的联系方式。

妈妈的亲生女儿叫林晶文，比我小两岁。我们没有见过，也不清楚林晶文知不知道我的存在。妈妈整个晚上都非常兴奋，和我聊了很多很多，我和妈妈也说了不少交心话。我们之间的隔阂终于都消除了，我太开心了。

这个夜晚对我和妈妈来说，注定是一个不眠之夜。

1994 年 12 月 5 日　　　　星期一　　　夜

柴崎真司教授得知了妈妈的情况后也很高兴，约妈妈星期四在神户见面。这种病毒携带者十分罕见，想必妈妈对于柴崎真司教授来说，也是一个非常难得的研究对象吧。

虽然离去神户的日子还有几天，但妈妈今天晚上已经开始收拾行李了。她的心现在已经飞到了神户，不，应该说妈妈的心飞到了威海的林晶文那里才对。

放学回来的路上，我又看到了那个变态大叔。他行色匆匆地从我身旁走过，他的出现有点突然，我还没来得及做出反应他就走远了。他走路时目不斜视，眼睛只盯着前方的路。也有可能他发现我了，只是故意装作没看见的样子。从外表上看，根本想不到他会做出那么龌龊下流的事情。也许他那天也是临时起意，但不管怎么样，我这辈子都无法原谅他。

1994 年 12 月 11 日　　　星期日　　　夜

今晚刚从神户回来，这几天和妈妈在神户收获颇丰。妈妈果然是病毒携带者，只是有一点让柴崎真司教授很意外，妈妈的病毒和柴崎遥的病毒相遇时并没有发生排斥反应。柴崎真司教授由此推测，只有具有直接血缘关系的两个病毒携带者才会出现病毒排斥反应。

柴崎真司教授得知妈妈有一个已经成年的女儿后，告诉妈妈根据他的研究结果，妈妈现在和林晶文在一起是安全的。妈妈却丝毫不敢大意，说出了一件我也是第一次听说的事情。原来妈妈有一个同母异父的哥哥，妈妈九岁那年和当时十二岁的哥哥见过一面，也是他们兄妹俩唯一的一次见面。二人见面时，妈妈因为感冒和鼻炎导致喷嚏不断，妈妈的哥哥很快就突然晕倒，最终不治身亡。现在看来，死亡原因正是因为妈妈的哥哥接触到妈妈的病毒后，两种病毒之间发生了排斥反应。

妈妈认为自己的哥哥十二岁时还没有产生抗体，那么谁敢保证自己的女儿在二十岁刚刚出头的年纪就一定能产生抗体呢？为确保万无一失，妈妈准备安排林晶文亲自来一趟日本，妈妈拜托柴崎真司教授提取林晶文体内的病毒做一下试验。即使发现林晶文还没有产生抗体也没关系，可以服用柴崎真司教授新研制出来的药物试一试。柴崎真司教授同意了妈妈的请求。

妈妈考虑问题远比我深远得多，我只想着让她们母女俩团聚，而妈妈想得更多的是林晶文的未来。妈妈希望林晶文能在柴崎真司教授的帮助下，像正常人那样结婚生子，并且和子女没有任何顾忌地生活在一起。

可能这就是母爱的力量吧，这几天妈妈总把林晶文的名字挂在嘴边，我每一次听到心里都有一种酸酸的感觉。很奇怪，那种感觉就像妈妈被人抢走了一样。其实我也时常在心里告诉自己要学会释怀。这十几年来，我从妈妈那里得到的爱已经够多了。也要感谢林晶文，要不是因为我和她长得像，我和妈妈今生也不会有缘做母女。

妈妈永远是我的妈妈，我永远都是妈妈的女儿，我不可以太贪心、太自私的，应该站在妈妈的角度考虑问题。倘若事情进展一切顺利，妈妈和林晶文真的团聚了，甚至以后生活在一起，对妈妈这坎坷的大半生也是莫大的安慰。

我应该衷心地替妈妈感到高兴，况且有林晶文陪着妈妈，我明年也能放心地去北京找念祖。

念祖，你一定要等着我。

1994 年 12 月 16 日　　　星期五　　　夜

学校放假了，我的空闲时间又多了起来，正好可以帮助妈妈处理一些事情。已经联系上林晶文了，她同意来日本，岛田社长也答应帮忙安排。林晶文差不多下个月就能来到广岛。我想好了，不用非得等到明年八月份再离开这里。只要林晶文在柴崎真司教授那里一切顺利，我就向妈妈摊牌去北京找念祖，这也确实是一个非常好的时机。

有时候我自己也很困惑，既想马上见到念祖，又非常舍不得妈妈。有没有两全其美的方法呢？大概以后会有吧。

1994 年 12 月 25 日　　　星期日　　　夜

这里的圣诞夜就像童话世界，无处不在的各种彩灯照亮了整座城市，如果念祖也能看到就好了。深田理慧子昨晚生下了一个可爱的女儿，神户的柴崎遥还要再等几个月才能和宝宝见面。祝福她的宝宝这一次能平平安安的。

这段时间，妈妈的心思全在林晶文身上。算起来，妈妈还要再等上半个月才能见到林晶文，她已经早早地为林晶文租好了公寓，就在我们楼上。妈妈只要有空就到楼上去，不是打扫卫生就是添置各种物品，或者什么都不做，就静静地坐着，也算是自得其乐吧。

1995 年 1 月 1 日　　　星期日　　夜

新年的第一天对于日本来说就像国内的除夕一样重要，到处都洋溢着类似国内过年的气氛，每个家庭里的所有成员都团聚在一起。我和妈妈也入乡随俗，晚饭多炒了几个菜。

妈妈说今年春节正好林晶文也在，到时一定要好好庆祝庆祝。我从妈妈平时不经意间说出的话语中能感受到，现在在她的潜意识里，已经自动认定林晶文这次来日本，肯定能从柴崎真司教授那里得到满意的结果。我隐隐有些担忧，万一试验结果不尽人意怎么办？可我现在又不能说一些让妈妈扫兴的话，只能暗地里希望自己的担忧是多余的。

1995 年 1 月 12 日　　　星期四　　夜

晶文来广岛了，现在可能已经在楼上睡下了。下午的时候，我亲自去机场接的晶文。妈妈也跟着我去机场了，妈妈不敢离晶文太近，她们母女二人只能隔着很远的距离凝视着对方。妈妈哭了，晶文的眼圈也红了。

我之前也一直十分期待和晶文的这次见面，好奇我们俩的相貌会相似到何种程度。妈妈临来日本之前，曾专程去威海孙家疃镇靖子村见过晶文一面。我当时也陪着去了，但我没进到屋里，一直在外面等候，那次没能看到晶文的面容。今日一见，我不由自主地产生了一种错觉，我们俩会不会是失散多年的孪生姐妹呢？呵呵，当然了，这是不可能的。

从外表上看，我和晶文还是有两点明显的区别。我是长发，晶文是短发，她的个头要比我矮得多。也许是因为相貌相似，我们一见如故。在回来的路上，我和晶文同车，妈妈单独坐在另外一辆车上。我和晶文聊了一路，晶文叫我露萍姐，她的口音让我听着特别亲切，威海话和文登话本来就差不多。

晶文的命其实也挺苦的，从小就失去了妈妈，去年爸爸也去世了，现在自己一个人生活。从晶文的口中我得知，原来她这次同意来日本做试验，主要是为了爱情。因为身体的原因，她不得不忍痛放弃了自己爱的人，甚至以后还要背井离乡去辽宁大连。如果这次试验能成功，她就能和自己爱的人在一起了，也不用离开威海了。

晶文还有一个想法，希望试验成功后妈妈和我跟着她一起回威海，以后我们三个人在一起生活。这个主意确实

159

不错，妈妈肯定能同意的。只是，我以后恐怕不能和她们生活在一起了。

晶文讲完了她自己的情况后，我也没有丝毫隐瞒，将自己的处境和一些想法和盘托出。我们俩不仅面容相似，在感情方面也有相似的地方，这让我们一下子就亲近了起来。

妈妈始终不敢和晶文近距离接触，晚饭也是分开吃的，虽说有些别扭，但总比见不着强得多。晚饭后，妈妈一直和晶文通过电话倾诉衷肠。想想真是可悲，她们母女二人，一个在楼上，一个在楼下，近在咫尺却不能面对面交流。连我这个旁观者看着心里都特别不是滋味，迫切地希望试验成功的那天早日到来。

1995 年 1 月 15 日　　　星期日　　　夜

这两天我陪晶文把广岛转了个遍。晶文不愧是当老师的，非常博学。我们俩一起乘坐有轨电车时，我还自以为是地告诉晶文国内没有这种有轨电车。晶文却告诉我，上海、天津、大连、长春等城市都有这种有轨电车。

我们俩在原爆圆屋顶时，赶上了大雾天。晶文告诉我其实当年美国是想在东京投掷原子弹，由于执行任务当天东京大雾，所以最后才选择了广岛。我们俩不约而同地针对这件事感叹了一下人生的无常。

当然了，老师也不是无所不知的。今天我们在宫岛的时候就闹出了一个小笑话，我领晶文去岛上的严岛神社时，晶文一听说名字里有"神社"二字，误以为严岛神社和臭名昭著的靖国神社一样是供奉战犯牌位的地方，死活不肯进去。后来经过我的解释，她得知严岛神社是文物古迹才同意进去。

在严岛神社里，有许多日本人特意赶来许愿、求签。我和晶文也跟着凑热闹，我许的愿是希望晶文的试验能成功，我猜测晶文许的愿大概也是如此。我抽到了一个平签，晶文抽到了凶签。严岛神社里的签一共有很多种，依次分别是大吉、吉、末吉、向吉、平吉、平、吉凶未分、始凶未吉、凶、大凶。其中，大凶签只在理论上存在，实际并未设置，故而凶签才是现实中可能抽到的最差签运，晶文有些不太走运。

我本以为就是抽着玩一玩，图个乐呵。没想到晶文好像当了真，抽到凶签后表面上虽然没说什么，但能明显感觉到她的情绪一下子低落了下来。为了让她高兴起来，在返回的船上，我一个劲儿地说这次来宫岛特别幸运，赶上了退潮可以目睹大鸟居①的全貌。晶文只是回应说宫岛和威海的刘公岛有些相似，再没说其他的话。

---

① 宫岛标志性景观，是一座红色的日式牌楼，被称为神社之门。

此后晶文一直闷闷不乐的，我知道晶文对试验结果的看重程度甚至要超过妈妈。当她得知柴崎真司教授曾对妈妈亲口说过，试验成功的可能性在70%以上时，整个人的心气都飞了起来。试验将于后天正式开始，明天我们就要去神户了，但愿那个凶签不会影响到晶文的心情。

1995 年 1 月 16 日　　　　星期一　　　　夜

我杀人了！从没想到自己有一天会杀人。谁能告诉我，该怎么办？怎么办？

这一切似乎是天意，我们今天来神户是分头行动。妈妈上午单独乘坐新干线来神户，我陪着晶文在家里吃过午饭后才出发。我们一起来到有轨电车站等车时，我发现自己的外国人登录证落在家里了。

于是，我让晶文站在原地等我，我一个人回家去取证件。

马上就要走进公寓时，我感觉好像有个人一直跟在我身后。我忍不住回头看了一眼，发现是那个变态大叔在跟着我。我不由得打了一个冷战，下意识地快步走进公寓里。当我看到电梯指示灯显示正在二十二楼时，果断放弃了乘坐电梯的想法。迅速跑进楼梯间里，一路向上狂奔。

跑到八楼时，我已是上气不接下气。我以为自己安全了，一下子瘫坐在地上，就在我大口大口地喘着粗气时，我听到从楼下传来一阵粗重的脚步声,而且声音越来越近。我意识到情况不妙,连忙站起身来准备离开楼梯间。不料,由于太着急了,我的棉衣被楼梯间的门把手刮住了,一时动弹不得。我顾不了那么多了,用力挣脱了一下,棉衣撕坏了,这才脱了身。

我本想反锁八楼楼梯间的大门,然而,时间来不及了,变态大叔已近在眼前,他向我露出了瘆人的笑容。我不得不用最快的速度跑到家门口,迅速掏出钥匙开门,我太紧张了,拿着钥匙的手哆哆嗦嗦地怎么也打不开门。

这时,变态大叔已经来到我身后,他伸出一只手推开了我正在开门的手。我已经吓蒙了,任由他的摆布。变态大叔拧了几圈门上的钥匙,门就被打开了。他随后立刻用力推了我一下,我没站稳一个踉跄摔倒在屋里玄关的台阶上。

这一摔却让我清醒了过来,意识到自己不能坐以待毙,必须立即行动起来。变态大叔紧跟着进到屋里,迅速转身将门反锁。趁他锁门背对着我的间隙,我倏地站起来抓过储物柜上面一直悬挂着的那个防身用的棒球棍,用尽全力气朝变态大叔后脑砸去。

变态大叔随即倒地,鲜红色的血从他的脑袋里汩汩冒出。我由于惊吓过度,再一次呆若木鸡,等变态大叔的血都淌了一地了,才想起来察看他的情况。

我很快确认变态大叔已经没有了生命体征。突如其来的一切搞得我不知所措，我拿上自己的外国人登录证快速逃离了现场。和晶文重新会合后，晶文旋即就发现了我的心神不定，我很想告诉她实情，却不知道该如何开口，只能借口说身体不舒服。

　　坐在新干线上，我和晶文一路无语。我一直在胡思乱想，不知道自己的行为属于防卫过当还是过失杀人，不知道自己该不该马上去自首，也不知道自己会受到法律怎样的惩罚。

　　我心乱如麻，反复设想了接下来可能出现的无数种情况。来到神户见到妈妈后，我特别想把自己杀人的事告诉妈妈。可是，眼见妈妈如今所有的注意力都集中在晶文和接下来的试验上，话要嘴边又咽了回去。

　　上次来神户我和妈妈住在中央区，这次为了节省费用，我们住在长田区一家名叫"和其"的小旅馆。原本预订了两个房间，一个房间妈妈住，另一个房间我和晶文住。但是来到和其旅馆后，我又在晶文房间的隔壁单独要了一个房间，我希望自己一个人好好静一静。

　　刚才房间里忽然颤动了几下，晶文惊慌失措地跑过来问我是不是地震了。日本是个地震非常多的国家，尤其是轻微的小地震时有发生。来日本小半年了，我早已习以为常。我告诉晶文这是常态不必惊慌，勉强安抚住晶文后，我内心仍然慌乱，特别盼望也能有个人来安抚住我烦乱的情绪。

不知道现在变态大叔的尸体有没有被人发现。我很害怕，我不想坐牢，我想回国。

1995 年 1 月 17 日　　　星期二　　　晨

一夜没睡，只要一闭上眼睛就是变态大叔头上血流如注的画面。在惴惴不安之中每一秒都是那么漫长，凌晨四点刚过我就坐起来写日记。快一个小时过去了，才写了这么几行字。

1995 年 2 月 2 日　　　星期四　　　夜

现在这个时候，国内正在欢度新春佳节，而我却孤零零一个人在异国医院的病房里写日记。最近发生的变故仿佛是一场梦，又像是一场电影。梦醒了，电影结束了，妈妈却永远离开了我。

一月十七日那天清晨，我被心事压得喘不过气来。最后不得不一个人跑到外面去透透气，想不到这个无意间的举动让自己躲过一劫。

当时天很黑，街道上除了送报纸和送牛奶的师傅之外，就只剩下我独自一人茫然游荡在夜色之中。我漫无目标地走了一会儿，来到了一个小广场上，突然毫无征兆地感到一阵天旋地转，然后莫名其妙地摔倒。

我听到地底下传来沉闷的嗥叫声，那声音听着就让人战栗。紧接着周围所有建筑物一层的金属卷帘门疯狂地抖动起来，从近到远响成一片，间或夹杂着玻璃的爆裂声。而我头顶上的电线网，则哧哧地冒出一串串电火花。我身下紧贴着正在剧烈运动着的大地，在晃动和颠簸中感觉自己随时都可能沉陷到地底下。

我本能地想要站起来逃生，却根本无法动弹，就像被点穴施了定身法一样。我的大脑也无法指挥手脚，就那样一动不能动地趴在地上。

我确定正在发生地震，也第一次亲身体会到人在剧烈的地震面前是那样地渺小。过了一会儿，大地的晃动停止了，我赶紧爬起来往和其旅馆的方向跑。离开和其旅馆后我并没有走出去多远，本应该很快就能返回。然而，我所经之处，所有的建筑物都不同程度地出现了倒塌，道路上随处可见各种障碍物。我不得不按捺住焦急的心情小心翼翼地绕行，过了好半天才返回和其旅馆所在的那条小巷。

可是，我最担心的事情已经发生了，和其旅馆那二层小楼不见了，变成了一个巨大的废墟堆。我急了，连忙爬到废墟上寻找妈妈和晶文。

起初，我认为我们三个人的房间都在和其旅馆的二楼，妈妈和晶文即使被埋，也应该埋在废墟的上层。只要

166

我施救及时，一切都还有希望。

　　我徒手翻开了覆盖在废墟最上面的八九个大木梁，接连发现了两个被压在木梁下的人，准确地说是两具尸体。虽然不是妈妈和晶文的尸体，但我的精神已经濒临崩溃的边缘。周围一片寂静，那是一种透露着死亡气息的寂静。我哭着不断大声呼喊着妈妈和晶文，却一直没能得到回应。

　　在一块木板下面，我发现了自己的笔记本，迅速如获至宝地将其捡了起来。我起床后，一直在写日记，后来离开房间的时候，因为日记没写完，就把笔记本留在了书桌上。我的房间和晶文的房间紧挨着，我由此推断晶文应该就在附近。果不其然，我很快就在不远的地方找到了晶文一直背在肩上的蓝挎包。就在我准备进一步寻找时，废墟堆突然燃起了大火，不仅我所处的废墟堆起了火，整条小巷都被大火笼罩。

　　一条条火舌向我发起了攻击，我毫不畏惧，仍然坚持置身于火海之中搜救。火势渐渐变大，大火不仅烧着了我的衣服，还引燃了我的头发。我有些自顾不暇了，浓烟呛得我不住地咳嗽着，也严重阻碍了我的视线。

　　我绝望了，以为自己将葬身于此。就在这时，有个人冲进火海里将我拦腰抱起，迅速逃离了那个废墟堆。

　　脱离了险境后，那个人把我从肩上放了下来。我这才看清那个人是一个二十多岁的年轻小伙子。紧接着，我突然觉得一阵眩晕，身体也跟着头重脚轻，随即失去了意识。

等我醒来的时候，已经躺在了一所学校的医务室里。地震发生后，所有的学校都成了临时避难场所。我所处的那个医务室不大，却躺了八位伤员。我在其中算是受伤较轻的，除左手无名指和小指骨折了之外，身体其他地方都是皮外伤，没有生命危险。

后来我才知道，自己亲身经历的这场地震被称为阪神大地震①。是日本自一九二三年关东大地震以来规模最大的一次地震。有数千人在地震中丧生，这其中就包括妈妈和晶文。我无法面对这样的现实，天天以泪洗面，承受着精神上和肉体上的双重创伤。

在医务室里饥寒交迫地等待了三天后，我们这些伤员才被转移到神户市中央市民病院。从火场被救之后到那所学校的医务室，再到神户市中央市民病院的病房里，我始终没说过一句话。任何人和我说话，我都置若罔闻，沉默以对。我就像一具灵魂出窍的躯壳，整个人早就空了。

一位医生在多次向我询问未果后，在我随身携带的蓝挎包里找到了林晶文的护照和身份证，随后在我的床头卡患者姓名一栏上写上了"林晶文"三个字。

---

① 又称阪神·淡路大震灾。是指一九九五年一月十七日凌晨五点四十六分〔日本标准时间〕发生在日本关西地方，规模为里氏 7.3 级的地震灾害，因主要受灾城市大阪和神户而得名。

又过了几天，我在心里慢慢接受了妈妈已经去世的现实。尽管还未完全从悲痛中解脱出来，但是已经可以用相对理性的心态思考一些问题了。我知道在不可逆转的现实面前，自己必须勇敢地面对。生活还得继续，还有很多重要的事情在等着我。

医生和护士们都认为我是林晶文，对此我思考了很长时间，觉得其实这样也好，有了晶文的身份，我不但可以马上回国去找念祖，还可以彻底和杀死变态大叔那件事摆脱干系。

再过两天，我就可以出院了，就要和日本这个国家永远说再见了。我不知道妈妈和晶文的遗体现在是什么状态，有没有被找到。一想到自己无法带着她们的遗体离开日本，我心里就有一种难以名状的痛。

1995 年 2 月 6 日　　　星期一　　　夜

今天下午，我终于见到了朝思暮想的念祖。现在的我比任何时候都需要念祖的怀抱，然而，念祖的怀抱已经永远属于另一个女人了。他和初琳真的结了婚，就在春节之前。

念祖见我后来再没给他写信，以为我已经彻底死了心，再也不可能回来了，就接受了初琳的感情。

现实是如此残酷，我欲哭无泪。只恨老天爷为什么要对我如此不公，我已经失去了妈妈，为什么还要夺走我的念祖？他是我现在唯一的精神寄托啊！

　　或许这一切都是冥冥之中的天意吧，用念祖送给我的这个笔记本写日记，已经整整五年了。不知不觉中，现在已经写到了笔记本的最后一页，这也代表一切都结束了。即便我这辈子都注定逃不出记忆的藩篱，我也会强迫自己彻底失忆。

　　我想好了，写完了今天的日记，就把这个笔记本连同和米露萍有关的一切记忆全部还给念祖。

　　从明天开始，我就是林晶文。

第十三章　骨　灰

　　吕茗茗已经讲完有一段时间了，我还呆坐在那里回味着、感慨着。妈妈、林晶文、何英姿三个人的人生紧密地交织在一起，三个命运多舛的女人面对各自的宿命努力过、抗争过，最终却都没能得到她们想要的生活。

　　事实也印证了我之前的一个猜测，妈妈果然是何英姿的养女。妈妈和吕念祖那段有始无终的爱情着实令人唏嘘，但我更为何英姿和林晶文深感遗憾，那个试验还没开始就已经结束，连同林晶文对爱情的最后一丝希望一起被那场大地震葬送。

　　有时，人的命运是那么让人难以捉摸，又是那么不公平。佛教里有句话叫"佛渡有缘人"，那么有情人呢？又有谁能成全天底下所有的有情人？

　　吕茗茗帮我完成了最后一块拼图，我感激她，却并不开心，反而觉得心里堵得慌。我很心疼妈妈，这些年来，妈妈隐姓埋名用林晶文的身份谨小慎微地活着，她的故乡离大连并不遥远，却一次也没回去过。她明明会说日语，却从未在我这个她最亲近的人面前表露出一星半点。她身边不乏追求者，却始终将自己的心门紧锁，只留吕念祖一个人在里面。不，妈妈的心里还有我，她把所有的爱都倾注在了我身上，而我却永远没有机会反哺她的养育之恩。

我婉拒了吕茗茗要请我一起吃午饭的提议。从咖啡厅里出来时，天气似乎变冷了。一阵朔风吹过，我下意识地紧了紧大衣领，迎着凛冽的寒风，一个人走在回学校的路上。

走着走着，我蓦地觉得应该把最新了解到的情况告诉路沉地，遂迅速掏出手机给路沉地拨打了过去。

路沉地的声音顷刻间在我耳畔响起："是用新手机给我打的电话吗？"

在得到我否定的答案后，路沉地有些失望，声音马上低沉了下去。

"反正东西现在是你的，想什么时候用是你自己的事儿。"

我不想在这个问题上和他扯皮，没搭他的话茬，直奔这次通话的主题。

路沉地和上次一样在电话那头默默地听着，中间没插过一句话。我一个人越说越没情绪，讲到一半就草草收了尾。我本想顺便告诉路沉地下周四将会再去一次威海。可令我始料不及的是，我刚说下周四要去威海，还没来得及说具体事由时。路沉地突然像遭到电击一样，竟然十分激动地在电话里咆哮道："你不能去。"

"我为什么不能去？"我十分不解反问道。

路沉地沉默良久才嗫嚅道："我这不是不放心你嘛。"他的语气缓和了许多，前后反差极大。

我没有立即回答路沉地，脑袋里所有的细胞开始活跃起来。路沉地的反应太反常了，他似乎很不希望我去威海。

"喂，米菲，你在听吗？"

"我一直在说话啊，你听不到吗？"我连忙不动声色地信口说道。

"现在能听到了，刚才一直没声音。"

"那可能是信号不好吧，刚才我说错了，下周四我要去上海。"我不想告诉路沉地实情了，随口撒了个谎。

"噢，好的，好的。"路沉地沉吟道。

随后，路沉地又说了几句不着边际的话后，就急匆匆地和我结束了通话。

我一边走一边琢磨着，越琢磨越觉得蹊跷，越琢磨越能发现路沉地身上疑点重重。他究竟要搞什么名堂呢？他对我一向是知无不言，言无不尽的。

有一点我可以百分之百地肯定，路沉地一定没有恶

173

意，我相信他。他现在不明说，也许是有什么难言之隐，但我很想知道这其中的隐情。

下午的合唱比赛，我完全不在状态，脑子里尽是各种胡思乱想。不知道是不是因为我的拖累，我们经济学院最终仅仅获得了三等奖。我大脑的混乱状态，一直持续到晚上临睡前。因为我突然想到一件事，白天跟路沉地通话时，忘了告诉他林晶文其实已经去世。

我随手拿起枕边的手机后又踌躇了，不知为何，此时我不太想和路沉地以通话的方式交流，遂通过微信将消息发给路沉地。

路沉地很快回复："收到。"

之后，我们俩再无对话。我本以为，路沉地得到了那么多新情况，当晚一定会续写一段小说，然后还会像往常那样给我发来小说链接。可是，那天晚上，我并没有收到他发来的小说链接，我和他的微信聊天对话框里始终都是静悄悄的。

十二月十一日晚上七点多，我回到了大连。天空中飘着绵绵细雨，我拖着拉杆箱走进我家那栋楼里。当我走到二楼时，和从楼上下来的路沉地不期而遇。我事先并没有告诉他我要回来，路沉地俯视着我一下子愣住了，渐渐面露愠色。

在得知我回来的目的后，路沉地居然歇斯底里地冲我吼道:"你不能去。"

我也火了,愤然骂道:"有病吧你?我去不去和你有什么关系?滚!有多远给我滚多远,别来烦我。"

我没好气儿地把路沉地推到一边,径直回到三楼自己家门前,迅速打开门进到屋子里。

路沉地不停地在门外敲门,我不予理会。想不到这小子求爱不成,竟变得如此暴躁,我不觉怒火中烧,越想越生气。也不知道过了多久,我走到门前打开了房门,抬手打了他一记响亮的耳光。

"你怎么变成这个样子了?"我边打边吼道。

没想到,路沉地竟然哭了。他这一哭,我一下子就心软了。不仅原谅他了,还有些心疼他,十分后悔刚才自己的行为。可是在路沉地面前,我已经养成了习惯,嘴上说的和心里想的永远不一样。

"你怎么也变成娘炮了?真没出息,快把眼泪给我憋回去。"我直接喝令道。

路沉地还算听话,用手背擦了擦眼泪,调整了一下情绪,很快就恢复常态了。我心里很满意,暗想这才是我认识的路沉地。

我发现路沉地好像瘦了不少,尖下巴都出来了,忍不住问道:"你怎么瘦了?"

路沉地说他最近在减肥,因为我特别喜欢演员胡歌,

175

他要瘦到胡歌那种程度。我不想在类似的问题和他纠缠，很快中止了这个话题。

十二月十二日上午，路沉地陪着我去殡仪馆取出了妈妈的骨灰。由于大连到威海的航班每天只有上午一趟，这次我只得坐轮船去威海。下午一点我在大连湾港坐上了开往威海的轮船。这一次，我拒绝了路沉地要陪同我一起去威海的提议。

此次去威海，除了撒骨灰外，我还有另外一件要办的事，那就是去见云姨，我要把我的真实身份以及林晶文后来的实际情况一五一十地告诉云姨。

晚上将近九点的时候，轮船抵达威海港。吕茗茗中午就到文登了，她安顿好了一切后，晚上专门到威海港来接我。

威海刚刚下过雪，交通不是很顺畅，出租车开得比较慢。我和吕茗茗一边望着车窗外的雪景一边有一搭无一搭地闲聊着。

"大连前两天也下雪了。"我说。

"就北京一直没下雪，雪好像把北京给忘了。"吕茗茗的话语间带有一丝淡淡的惆怅。

"一下雪，北京就变成了北平。"我笑言。

吕茗茗接荏道："我们去后海看雪，就回到清明。"

我们俩随即会心地相视一笑。

176

吕茗茗是第一次到威海，很想在撒完骨灰后在威海随便逛逛，我顺势建议去我上次没逛成的环翠楼，吕茗茗欣然应允。

将近一个小时后，出租车总算来到文登吕茗茗订好的那家酒店。简单洗漱完毕后，我和吕茗茗迅速钻进各自的被窝里。

第二天上午十点，我和吕茗茗坐着事先租好的游艇来到文登海域的深海区。我们俩带着沉重的心情将吕念祖和我妈妈的骨灰一点一点地撒入海中，整个过程，我们俩没有说一句话。等骨灰全部撒完了，吕茗茗才不无感慨地对我说道："我爸爸真正深爱的人是你妈妈，他们生前没能走到一起，去世后却能一起魂归故乡的大海。他们若是泉下有知，也一定会感到欣慰的。"

我也喟叹着点头回应道："对于相爱的两个人，灵魂最好的归宿莫过于此。"

我和吕茗茗不辱使命，圆满完成了任务，心里轻松了许多。回岸后，吕茗茗带着我到岸边的一家饭店吃海鲜。吕茗茗是北京一家外企的法务专员，虽说工资不低，可也是今年才大学毕业的职场新人，她自己并没有多少积蓄，和我在一起时却总是抢着付账。这次来文登办事，我除了那张从大连到威海的船票是自己掏钱买的以外，其他的费用都是吕茗茗承担的。正如吕茗茗自己说的那样，她确实是把我当她的亲妹妹看待的。

饱餐了一顿后，我们乘坐出租车赶往威海市内的云姨家。我事先已经和云姨约好了会在下午一点去她家，对于该不该把林晶文后来的实际情况详细告诉给云姨，我也曾犹豫过很长时间，经过反复思量，我觉得还是有必要告诉云姨实情。

云姨得知真相后，不禁潸然泪下。我觉得这泪水有伤心难过，更有些许安慰，因为她终于知道了，自己的好姐妹林晶文不是一个不讲情分的人。

我自认为这次威海之行的两个任务完成得都十分圆满，心里充满了成就感。

云姨家和环翠楼相距不远，从云姨家离开后，我和吕茗茗步行了不到十五分钟，于下午两点十分来到环翠楼所处的那个公园。

在门口的广场上立着一个巨大的人物铜像，是一个身着清朝官服的男子，身上披着披风，双手按着一把长长的宝剑，站在大理石砌成的船上。

"这个人是谁？"我指着铜像向吕茗茗问道。

"我猜是邓世昌。"吕茗茗回答。

就在我专注着那个铜像时，我忽然看到铜像前面站着一个人，定睛一看竟是路沉地。

路沉地也看到了我，却并没有过来和我打招呼，而是像被点了穴似的直接定在那里。待我快步走到他面前时，他仍然像一座雕像一样杵在那里，眼神特别空洞。

我好奇地问道："喂，你怎么会在这里？"

路沉地好半天才回过神儿来，定定地望着我的脸。他的嘴巴张开了，又慢慢合上，一副欲言又止的样子。

"你到底搞什么名堂？"我嚷道。

"一会儿你就知道了。"路沉地淡淡地回答。

路沉地的异常反应，让我在心里更加渴望知道其中的隐情。但碍于吕茗茗也在，我只好暂时按捺住心中的好奇。在为路沉地和吕茗茗互相介绍了一下后，我们三个人就一起往环翠楼进发。

在铜像后面，是一段长长的台阶直通环翠楼。当年林晶文和云姨就是站在台阶上合的影。我们三个人拾级而上，不一会儿就来到环翠楼正门口。工作人员告诉我们想进到环翠楼里参观需要去不远处的望月亭用身份证免费领票。

在望月亭，我和吕茗茗很顺利地领到了票。路沉地却没领到，因为一张身份证一天只能领一次票，路沉地在上午的时候已经来过一次环翠楼了。路沉地向工作人员提出要花钱买票，被拒绝后，他和工作人员起了争执。

我见状连忙上前劝阻路沉地。

"算了，算了，无所谓的事情，你既然已经进去过了，

179

就在外面等着吧，我和茗茗姐一会儿就出来了。"

路沉地不为所动，依然激动地和工作人员理论着。

见路沉地不听我劝，我心里生起一股无名火，甩了一句："那你自己慢慢在这儿掰扯吧。"

之后，我拉着吕茗茗就走。路沉地既然上午刚刚来过这里，就应该知道进环翠楼要先领票，那刚才他为什么一直不说呢？对于这个问题，我心里十分不解。

环翠楼一共六层高，我和吕茗茗进去后先乘电梯来到顶层的观景平台。站在观景平台上，整个威海尽收眼底，还可以看到远处的海上有一座岛，听周围的游客说那就是著名的刘公岛。

由于有些冷，我和吕茗茗在观景平台没停留太久就离开了。随后，我们按照从上往下的顺序，逐层参观。可能由于冬天不是旅游旺季的缘故，环翠楼里的游客不多。

四层有一个正方形的环廊展厅，和三层展厅组成了内天井结构。环廊展厅里正在举办油画展，我一进到环廊里就看到路沉地站在三层展厅中央的位置上。他正哭丧着脸抬头向四层张望，看到我时，他轻轻地朝我挥了挥手。

"他们怎么又让你进来了？"我大声问路沉地。

路沉地勉强挤出一丝笑容，没作声。

"你不上来吗？"我又问道。

路沉地无力地慢慢摇了摇头，还是没吱声。

我没再理会路沉地，和吕茗茗一起在环廊展厅里走马观花。

这时，一个旅游团也进入环廊展厅，领头的是一个手举着小旗的导游。原本冷冷清清的展厅一下子喧闹起来，正好我和吕茗茗也欣赏完油画了，遂离开环廊来到了三层展厅。

三层展厅正在举行水墨画展，路沉地站在一幅画前发呆。等我走到他身旁时，被他的表情吓了一跳。路沉地面如死灰，正仰着头，眼睛紧紧地盯着我头顶上方的位置，眼神里透着绝望和无助。

我抬起头想看一看我头顶上方到底有什么东西，视线里出现了一个很大的黑影。就在那个黑影已近在眼前，即将要砸到我的一刹那，有人猛地推了我一下，我直接侧身摔倒在地上。

那个黑影是一个大胖子，是从四层的环廊展厅失足摔下来的，直接砸在路沉地身上。由于事发突然，我呆若木鸡，四层环廊展厅顿时乱作一团，响起了一阵阵惊叫声。

那个大胖子伤得不轻，躺在那里动弹不得，不住地呻吟着。路沉地以脸朝下的姿势被大胖子死死地压在身下，没有任何反应。吕茗茗在第一时间跑上前去推那个大胖子，奈何她用尽全力也无法撼动大胖子巨大的身躯。

"快过来帮忙啊。"吕茗茗冲我喊道。

我这才缓过神儿来，起身冲上去和吕茗茗一起去推大胖子的身体。我发现路沉地头部的位置流出来一大摊鲜血，泪水立刻不自觉地涌了出来。

　　这时，有几个人过来一起协助我们。最后在众人的合力下，终于挪开了那个大胖子。我连忙扳正路沉地的身体，揽过他血葫芦似的脑袋。

　　路沉地双眼紧闭，意识全无。我拼命地摇晃着路沉地，呼唤着他的名字。好半天，路沉地才有了一点意识，他缓缓地睁开双眼，有气无力地在嗓子眼里嘟囔着什么。

　　路沉地的声音太小了，我不得不把耳朵贴到他的嘴边，总算听清了他的话。他说的是："你这粒大米并不是只有沉在我的地里才能生根发芽，即便以后我这个地没了，你也要茁壮成长。"

　　我早已泪如雨下，嗓子里像是被什么东西噎住了，明明有许多话要说，可话到嘴边一个字也说不出来。路沉地慢慢闭上了双眼，脑袋迅速无力地歪向一边，再次失去意识。

　　这一次，任凭我如何呼喊，路沉地都没有任何回应。我有一种不好的预感，撕心裂肺地号啕大哭起来。120很快就赶到了，一位医务人员在察看了路沉地的眼睛后，没有采取任何抢救措施，直接宣告路沉地已经死亡。

　　我不相信眼前的一切都是真实的，紧紧地抱着路沉地的身体不让任何人触碰。可是，我终究还是无法挽回路沉地的生命。

路沉地就这样走了，距离他的十九岁生日还不到一个月时间。几天后，他像我妈妈那样化作了一坛骨灰。我刚刚从失去妈妈的悲痛中走出来，又陷入新的伤痛之中，而且这份伤痛要更加痛彻心扉。

如果不是路沉地推开我，被砸的人就是我，死的人也是我，路沉地是为我而死的。我发现自己全然忘记了多年来苦练的忍泪技能，只要想起路沉地，无论何时何地眼泪都会自动流下来。

在无尽的悔恨和自责中，我迎来了自己的十九岁生日，也是我有生以来第一次一个人的生日。往年过生日时，即使是妈妈工作忙不在我身边，路沉地也一定会陪在我左右。妈妈在十月十三日去世，路沉地在十二月十三日去世，短短的两个月时间，我一下子失去了两位至亲的人。我有一种恍如隔世的感觉，时常下意识地给路沉地发微信或者打电话，却再也得不到他的秒回，听不到他的声音了。

种种迹象表明，路沉地似乎提前预知到我会在环翠楼遇到危险，所以他才会极力阻止我去威海。吕茗茗在威海目击了事发时的整个过程，对此她也深有同感。但是，那个大胖子的坠楼绝对是一个偶发事件，路沉地是靠什么先知先觉的呢？他如今已经不在了，我无从知晓答案，这注

183

定要成为不解之谜伴随我度过一生。

当时间来到二〇一九年一月四日路沉地十九岁生日这一天时，我的心情犹如外边的天气一样，彻底坠入隆冬。当我又一次被无法抑制的悲伤所笼罩时，才想起自己以前竟然没有好好为路沉地庆祝过一个生日，并且以后将永远没有机会弥补这个遗憾。

这难道就是上苍对我的惩罚吗？我在心里不停地追问着自己。

我一整天都没离开寝室，坐在自己的床上，一遍又一遍地重复听着以前和路沉地在微信里的语音对话记录。泪水一次次模糊了我的双眼，脑海里自动浮现出多年来和路沉地在一起的一幕幕画面。

傍晚的时候，吕茗茗打来电话，她想约我一起吃晚饭。我明白她想在这个特殊的日子帮我转移一下注意力。虽然我从心底里感激她，可是我还是像二〇一八年十二月二十日自己生日那天一样，谢绝了她的邀请。

吕茗茗停顿了片刻才说道："好吧，你想一个人，我就不打扰你了。不过，米菲你要明白，假如路沉地还在的话，他肯定不希望你颓废地活着。今天，你可以为了缅怀路沉地而茶饭不思，但是从明天开始，你一定要振作起来，不为别的，就冲着路沉地为你做出的巨大牺牲。"

路沉地去世后，吕茗茗说过无数安抚我的话。不知为何，只有这一句让我真正入了心，算是一语惊醒梦中人。挂断电话后，我感慨万千，吕茗茗说得没错，就算是为了路沉地，我也要好好活着。不然，他的死就没有任何意义了。

我强打起精神来，觉得自己应该为路沉地做点什么。先前一直在重复听着路沉地在微信里留下来的语音，也顺便看到了他曾经发给我的那几条小说链接。

我原先一直没有认真看过路沉地写的那部名为《双重身份》的小说，现在我打算静下心来，好好阅读一下路沉地的遗作。我随手点开了其中的一条链接，进入到小说的界面之中。

我发现小说的名字不知道什么时候被路沉地改成了《私奔到月球》，仔细阅读下来，竟然有惊人的发现。路沉地的小说如实记录了我在调查妈妈真实身份过程中经历过的事情，这其中既包括我自己单独经历的事情，也包括我和路沉地一起经历的事情。但是，我忽略了小说里还有路沉地单独经历的事情，也正是这部分内容为我解开了那个谜。

第十四章 拯 救

　　进入十一月份以后，路沉地依然每天都在电话里向米小菲询问初琳老师回北京了没有。米小菲每次的回答都让路沉地失望不已。初琳老师一直不回来，路沉地的小说就无法继续写下去，纵然路沉地心里急得火烧火燎的，也只能沉住气，耐心等待。

　　十一月五日上午，路沉地在学校上现代汉语课，讲课的老师是一个五十多岁的老头。这个老头姓王，中等个头，身材微胖。他年纪虽大，职称却不高，至今还只是一个普通讲师。但是王老师的课很受同学们的欢迎，只要是他的课，教室里必定座无虚席。王老师讲课最大的特点是爱跑题，经常讲着讲着话题就在不知不觉中转移到其他无关的内容上，而且都是长篇大论，十匹马都拉不回来，可同学们就是爱听。

　　这天的课上，话题从"被"字句和"把"字句的问题，一步一步被王老师转移到月亮的盈亏规律上。为了更形象地讲解这个问题，王老师根据一个月几个时间节点对应的月亮形态不同，画了一圈形态各异的月亮。这个圈并不完整，正上方中间的位置是空的，这是因为在中国农历每个月初一这天，天空中是看不见月亮的。与之对应的正下方中间的位置上是一个圆形的满月，代表每个月农历十五的圆月。

圈里一共画了七个月亮，如果算上那个空的，实际上是八个月亮，而且左右两边的六个月亮呈现出对称结构。

路沉地望着黑板上的那一圈月亮出神儿，不由得又想起了林晶文家祖传的那幅画。他悄悄地打开手机里的日历，在上面查找到离当前日期最近的农历初一是十一月八日。按照林学峰讲的那个故事里的说法，汤若望后来发现在无月之夜通过那幅画的镂空可以看到二十年前的自己，路沉地想到时亲自试一下，旋即又反应过来不可行，因为他自己现在还没到二十岁，怎么可能看见二十年前的自己呢。

路沉地又继续在日历上查了一下，查到这个月的农历十五在十一月二十二日，是星期四。十月二十三日在威海时，米小菲透过画中那个镂空什么都没看到。这一次，路沉地打算自己亲自试一次。

时间很快来到十一月二十二日这一天，路沉地专门请了假，晚上回家住。临近晚上十一点的时候，路沉地在窗台前驻足，眺望夜空，果然挂着一轮满月。随后，路沉地将卧室门反锁，一个人坐到写字台前的椅子上。不知为何，路沉地心里七上八下的，而且时间越向十一点靠近，他越心慌得厉害。

时间离十一点越来越近了，路沉地坐在椅子上用手机上的时钟慢慢读秒，最后分秒不差地在十一点整的时候双手将那幅画举起。

路沉地全神贯注地用一双眼睛紧紧盯着画中的那个镂空，心已经提到了嗓子眼。

令路沉地瞠目结舌的一幕出现了，一个胡子拉碴的男人出现在路沉地的视线里。路沉地不禁大惊失色，险些从椅子上摔下来。

"我终于等到你了。"那个胡子拉碴的男人对路沉地说道。

路沉地狠狠地咽了一口吐沫。

"你……你是谁？"路沉地用哆哆嗦嗦的声音问道。

"我是你，别害怕，好好看看我的脸。"

路沉地定了定神，同时深深地吸了一口气，强迫自己必须立即镇定下来。他认真端详了那个男人的脸，发现五官和他自己完全一致，仅仅是看起来苍老了一些，分明就是二十年后的路沉地。如果称呼现在的路沉地是小路的话，那么眼前的男人就是老路。

路沉地此时终于确信，手中的这幅画真的具有超能力。这样看来，林学峰当年讲的那个故事可能具有极高的真实性。

老路见路沉地走神儿了，显得很焦急，提高了嗓门喊道："我只有三分钟时间。路沉地你要赶紧打起精神来，好好给我听着，米小菲现在非常危险，她马上就要出意外去世了。"

路沉地听罢，大为错愕，脱口嚷道："不会的，你胡说。"

老路用极快的语速说道："你先别着急，也不要打断我的话，现在一切还可以挽回，米小菲将会在十二月十三日下午两点四十二分死于山东威海的环翠楼三层展厅。你现在首先要做的是，不要试图通过任何直接或者间接的形式向米小菲透露这个消息。否则，米小菲将会当场毙命。要切记这一点，千万不能心存侥幸，你只能依靠你自己的力量。米小菲的出事地点在一幅水墨画前，画里的近景是一个海草房，远景是大海，海上还有四条渔船。事发时一个体形肥硕的胖子会从四层展厅坠落，正好砸在米小菲的身上。你只有在事发的那一瞬间推开米小菲，代替她出现在那个点上，才能挽回她生命，代价是你将失去自己的生命。你们两个只能活一个，你千万不要抱幻想……"

老路话没全说完就消失了，路沉地抓过手机瞥了一

189

眼，上面显示的时间是十一点零三分。事实正如老路刚才所说的，老路只有三分钟时间。路沉地顿悟到，原来那天在威海，米小菲透过画中镂空未能看到二十年后的她自己，是因为二十年后的米小菲已经不在人世。

老路透露出来的信息对路沉地造成了极大的心理冲击。他无法接受米小菲马上就离开人世的消息，对老路刚才特别强调的事情充耳不闻，十分冲动地直接拨打了米小菲的电话。

路沉地要在第一时间将自己颇为离奇的经历告诉米小菲，更重要的是要让米小菲知道，她自己即将遇险的消息。可一连打了好几遍电话米小菲都没接，路沉地这才意识到，米小菲应该是已经睡着了。

路沉地想起老路刚才说过，现在一切还都可以挽回，稍稍松了一口气。不过，路沉地并不完全相信老路刚才说的话，他要主动出击，尽可能让米小菲早日摆脱险境。

夜里，由于有心事，路沉地躺在床上翻来覆去的，始终无法入眠，直到天快亮时才迷迷糊糊地睡了一会儿。

等他醒来时，天已经彻底亮了。路沉地一骨碌从床上坐了起来，拿起手机就给米小菲拨了过去。这次电话那头终于通了，路沉地不由分说地大声喊道："米小菲，你能听得见我说话吗？"

"你想死啊，我又不是聋子，说话那么大声干什么？"

米小菲没好气儿地嚷道。

"米小菲，你听我说……"

就在这时，路沉地听到电话里传来了米小菲的惊叫和一声巨大的撞击声，然后就没了动静。路沉地心下一紧，耳边自动回响起老路昨晚的那句忠告："不要试图通过任何直接或者间接的形式向米小菲透露这个消息。否则，米小菲将会当场毙命。"

"米小菲，米小菲，你在听吗？米小菲，你说话呀？"路沉地焦急地冲手机喊道。

可电话那头一直没有回应，路沉地从床上跳了下来，急得像热锅上的蚂蚁，光着脚在地板上来回踱步。

过了一会儿，电话那头终于重新响起米小菲的声音。米小菲用颤抖的声音告诉路沉地，她刚才险些丧命，要不是躲得快，再晚一秒就被一辆轿车撞死了。

这个消息让路沉地震惊不已，他终于真正意识到问题的严重性。看来老路所言非虚，路沉地不禁有些后怕，刚才如果他直接把真相说出来，米小菲现在恐怕已经死于非命了。

"沉地，你怎么了？"米小菲见路沉地半天不说话，在电话那头一连问了好几次。

路沉地口不择言，随口回应道："你大难不死，必有后福。"

"你少跟我扯闲篇，快说吧，找我什么事儿？"

米小菲已经从惊吓中摆脱出来，路沉地却不知道该说什么好了，他现在不敢有任何造次。

"你有事儿没事儿？没事儿我挂了。"米小菲不耐烦地问道。

"别挂，别挂。米小菲，我是想告诉你，我……我……"慌乱中的路沉地已经语无伦次了。

"沉地，你这是怎么了？是不是又有人欺负你，需要我替你出头了。"米小菲打趣道。

"不是的，米小菲。我想说，我……我……我爱你。"如鲠在喉的路沉地情急之下，直截了当地说出了自己的心声。

"滚吧你，小屁孩儿。你知道'爱'字怎么写吗？是不是看快到周末了，一大早儿拿姐姐我开心呢。"米小菲的回应很是不以为然。

"我真的很爱你的，一直都很爱。"路沉地诚恳地说道。

"一个〇〇后敢跟九〇后的姐姐表白，你疯了吧？"

"我没疯，不管咱们是什么后，我只知道在我心里，你永远是我的皇后。"

"我呸，你赶紧打住吧，你这不等于说你自己是皇帝吗？"

"米小菲，你记住，你这颗大米只有沉在我的地里才能生根发芽。这是老天爷早就注定好了的。"路沉地动情地说道。

"要说老天注定的话，那也是注定咱们不可以在一起。你看刚才，要不是你给我打电话表白，我也不可能遇到危险，差点连命都没了。"

米小菲的这句话精准地戳到了路沉地的痛处，路沉地害怕把持不住自己，说漏了嘴，赶紧挂掉了电话。

和米小菲的这番通话，非但没让路沉地彻底安下心来，反倒让他心乱如麻。他十分害怕，害怕失去米小菲，害怕自己无法拯救米小菲的生命。

在路沉地有限的十八年记忆里，无论截取哪一段都有米小菲的存在。路沉地甚至不敢想象，这个世界上如果没有米小菲了，他该怎样活下去。

从那天开始，路沉地便有了心结，他变成了一个暴躁的人，常常会因为一点小事就对周围的人发脾气。他对任何事物都失去了兴趣，甚至连一直非常关注的西班牙足球甲级联赛的消息也漠不关心了。

路沉地一心只盼望着米小菲在十二月十三日的危机早点结束。可是，时间对于路沉地而言，仿佛静止了一样，每天都那么漫长。尤其是夜里，路沉地不是失眠就是做噩梦。路沉地在噩梦里每次都能看见米小菲那张血流如注的脸。这两种模式轮流切换着，令路沉地备受煎熬，只有沉浸在那首《私奔到月球》的歌声里，才能让路沉地暂时忘却心中所有的烦恼。

路沉地在惶惶不可终日中度过了一个星期。在此期间，他和米小菲相互之间没打过一个电话发过一条微信。这么多年来，他们俩这还是头一次这么长时间没有联系。路沉地是不敢联系，生怕自己泄漏了"天机"。至于米小菲，不知道是不是因为路沉地那天的表白吓到了她。

十一月三十日星期五，中午十二点刚过，米小菲给路沉地发来一条微信文字，说初琳老师回北京了，还邀请米小菲星期天中午到家里做客。而这个时候的路沉地心里只想着米小菲的个人安危，初琳老师的现身对他来说已经不重要了。

随后，路沉地的手机响了，是米小菲来的电话，路沉地立即接听了。

路沉地"喂"了一声后，米小菲在电话那头顿了顿才说道："这段时间，吴奎学、吴奎蓉天天给我打电话或者发微信。我烦透了，要不然就把那幅画给他们吧。反正，那幅画和咱们也没什么关系。"

"不行。"路沉地脱口道。

"为什么？"米小菲问。

那幅画现在无论如何都不可能交给吴氏兄妹，个中原

194

因，路沉地不方便说，但借口还是很容易就能找到的。

"咱们确实和那幅画没什么关系，但吴家那兄妹俩不配拥有那幅画。你仅仅因为不堪其扰就把那幅画送给他们俩，完全是在助纣为虐。"

米小菲那边沉默了，路沉地这边也没话了。半晌，在相对无言中，米小菲主动挂断了电话。

结束了和米小菲的通话，路沉地内心的焦躁进一步加剧。这段时间，他一直反复琢磨着一件事。按老路的说法，米小菲会在十二月十三日下午两点四十二分死于山东威海的环翠楼三层展厅。可是，林晶文家祖传的那幅画已经从新威支行的保险箱里取出来了，想不出还有什么事情需要米小菲亲自去威海办理。而且眼下不是假期，米小菲也不可能以旅游的形式再次去威海的。现在看来，对米小菲死缠烂打的吴氏兄妹很有可能是一个诱因，路沉地在心里对吴氏兄妹厌恶至极。

星期天下午，米小菲又给路沉地打来了电话，述说了她自己在初琳老师家中的见闻。米小菲终于得偿所愿，知道了妈妈的真实身份。米小菲兴奋地在电话里描述着事情的详细经过，路沉地耐着性子默默地听着。

慢慢地，米小菲在电话那头也察觉到了路沉地的心不在焉，直接质问道："你对这件事已经没兴趣了？"

"是的，因为我不想失去你。"

话一出口，路沉地就后悔了。米小菲如果细心一点的话，明显可以听出这句话话里有话。

所幸米小菲没发觉什么，又问道："你那部名叫《双重身份》的小说，是不是不打算继续写下去了？"

"我会继续写下去，直到全部写完的。"路沉地郑重其事地回答道。

"切，口是心非的家伙。"

米小菲话音刚落就直接挂断了电话，这应该是对上次路沉地挂断她电话的报复。对此，路沉地丝毫没有介意，因为他有更重要的事情要办。

按照原来的写作计划，米小菲的调查全部结束了，路沉地的小说也该收尾了。可是路沉地心里清楚，事情还远远没有结束，小说即将进入真正的高潮阶段。小说结局无外乎两个可能，一个是路沉地拯救了米小菲的命运，另一个反之。路沉地的愿望当然是前者。

路沉地现在写小说又多了一个新的动力，期盼着米小菲能通过看小说的方式了解到她自己的危险处境。路沉地心里明明清楚这属于间接告知的范畴，却仍然自欺欺人地认为自己的想法高明。他已经进入病急乱投医的阶段，冒出一些很傻很天真的想法也并不奇怪。

晚上，路沉地在宿舍里又更新完一段小说之后，犹豫了很长时间才给米小菲发去了小说链接。同时在微信里写道："刚写完了一段，你一定要好好看。"

路沉地的内心十分矛盾，他既希望米小菲能看小说，又担心米小菲真的看了小说后会出意外，但是路沉地最终还是决定赌一把。

米小菲非常罕见地秒回道："已阅，写得非常非常非常好，可以得诺贝尔瓷砖奖了。"

很显然，米小菲是不可能在这么短的时间内看完小说的。路沉地却并不感到失望，他早就知道米小菲几乎每次都是敷衍他。

路沉地秒回了米小菲一个难过的表情。过了一会儿，路沉地又通过微信文字告诉米小菲："现实中的结局太不好了，我要在小说里另换一个结局。"

这句话的弦外音是路沉地不想让米小菲死，他一定要改变米小菲的命运，只可惜此时的米小菲不可能明白话里暗藏的深意。

米小菲没做回应，并且后来一直没在微信上说话。这说明她一直没看路沉地新写的小说内容，这让路沉地稍感遗憾。不过，路沉地内心深处更多的是一种如释重负后的解脱感。

此后，路沉地陷入新一轮的度日如年中，每天都在寝食难安中度过。他眼巴巴地盼来了十二月的到来。

距离十二月十三日已经没剩几天了，距离十二月二十日米小菲的十九岁生日也已经很近了。路沉地心里明白，今年给米小菲的生日礼物不能像往年那样生日当天送了，而且务必要让米小菲在十二月十三日之前收到礼物。路沉地知道米小菲很喜欢 iPhone XS 手机，遂决定买一部 iPhone XS 手机做生日礼物送给米小菲。

米小菲收到礼物时，是十二月九日星期天的早晨。她在电话里并没有表现出过多的喜悦和兴奋，反倒追问了路沉地两个问题。一个是买手机的钱是从哪弄来的？另一个是为何要提前送生日礼物？

路沉地不可能如实回答，只能含糊其辞。

下午临近天黑的时候，路沉地正坐在家里的沙发上看书，米小菲再次打来电话，告诉路沉地当年米露萍去日本后的情况，米小菲最后说道："下周四我要去一趟威海……"

路沉地立刻惊出一身冷汗，脑子里的第一反应就是，难道这真的是天意吗？同时心里大为光火，直接冲着手机咆哮道："你不能去。"

米小菲反问："我为什么不能去？"

路沉地已经意识到了自己的失态，迅速定了定神，努力让自己快速冷静下来。

"我这不是不放心你嘛。"路沉地和声细语地说道。电话那头却突然没了动静。

"喂，米小菲，你在听吗？"

路沉地一连问了好几遍，米小菲的声音才重新响起。

"我一直在说话啊，你听不到吗？"米小菲说。

"现在能听到了，刚才一直没声音。"路沉地回答。

"那可能是信号不好吧，刚才我说错了，下周四我要去上海。"

"噢，好的，好的。"路沉地故作轻松地说道，直觉告诉他，米小菲很可能在撒谎。

晚上，米小菲通过微信告诉路沉地，林晶文在一九九五年一月十七日发生的阪神大地震中丧生。

此时的米小菲还不知道，路沉地的小说早已转换了主题思想，有关林晶文和米小菲妈妈米露萍的内容已经不再是重点，甚至可以不用写进小说里了。

路沉地不敢再给米小菲发小说链接了，也不敢再贸然尝试其他的方式让米小菲提前获知真相，甚至不敢给米小菲打电话。路沉地担心自己做得越多越容易适得其反，让米小菲起疑心。

路沉地的直觉是对的，米小菲那天在电话里的确撒了谎。

十二月十一日傍晚，路沉地吃过晚饭后就准备回学校，他出了家门刚刚走到二楼时，意外地遇见拖着拉杆箱的米小菲。此前米小菲并没有告知路沉地她要回大连，这个时候见到米小菲，让路沉地心里有一种不好的预感。

事实正如路沉地预感的那样，米小菲告诉路沉地，她此次回来是为了取出妈妈的骨灰，然后去威海文登海葬。

得知这个消息后，路沉地的情绪彻底失控，生平第一次对米小菲发了火，坚决阻止米小菲去威海。米小菲早已习惯了在路沉地面前的强势地位，哪受得了这个，当即予以回击。

最后，米小菲自己跑回了三楼的家里，把路沉地挡在了门外。路沉地敲了很长时间的门，米小菲才开门。

没承想，门开启的那一刻，米小菲犹如一头暴怒的狮子，直接打了路沉地一个耳光。

路沉地当即落泪，他自己也说不清楚为什么会哭，可能是因为心中对米小菲的不舍，也可能是因为这段时间心理压力比较大，还有可能是多种因素综合在一起造成的。总之，路沉地流下来的泪水是非常复杂的。

路沉地在心里恨自己不争气，觉得自己丢脸丢到家了，居然当着米小菲的面掉眼泪，可他却无法控制自己的情绪。

米小菲狠推了路沉地胸口一下，十分反感地斥责道："你怎么也变成娘炮了？真没出息，快把眼泪给我憋回去。"

路沉地用手背胡乱抹了两把脸上的泪水，停止了哭泣。

"你怎么瘦了？"米小菲望着路沉地的脸柔声问道。

路沉地无法道出实情，只能信口说道："我最近在减肥。"

路沉地的这句话是在没经过周密思考的情况下随便说出口的，存在比较大的漏洞。因为路沉地本身就不胖，减肥完全无从谈起。米小菲根本不信服，当即提出了质疑。

路沉地的反应很快，又推说自己要像米小菲的偶像胡歌那样，瘦得棱角分明，米小菲这才打消了疑问。

路沉地既要守口如瓶又要强颜欢笑，心里难受至极。

事情朝着非常不利的方向发展，可路沉地必须硬着头皮往前冲。十二月十二日上午，路沉地陪米小菲一起去殡仪馆取出了米露萍的骨灰。下午，米小菲一个人坐上了开往威海的轮船，她拒绝了路沉地要求一同前往的建议。

不过，路沉地心里清楚。自己无论如何都必须在十二月十三日下午两点四十二分，出现在威海的环翠楼三层展厅里。至此，老路嘴里说的"路沉地和米小菲二人只能活一个"，似乎已经成为定局。

路沉地和天底下所有的人一样，在敬畏生命的同时，也畏惧死亡。但是，如果可以用他自己的生命拯救米小菲的生命，那路沉地会毫不犹豫地说："我愿意。"

路沉地决不允许让米小菲的生命定格在二○一八年十二月十三日，在他心里已经做好了最坏的打算。只不过，一想到自己如果死了，就意味着和米小菲今生的永别，路沉地心里就难过到无以复加的程度。

在大连湾码头送走了米小菲之后，路沉地带着沉重的心情回到了自己家所在的锦绣小区。他去了小时候和米小菲经常一起玩耍的那个小广场，去了锦绣幼儿园、锦绣小学和五十中学，沿着曾经和米小菲一起走过的足迹，路沉地最后来到恒隆广场银河系 toyparadise 游戏厅的舞萌机前。

有两个二十岁左右的女孩子正在舞萌机上飞快地挥舞着手臂，路沉地望着她俩的背影发呆，眼睛里慢慢浮现出他和米小菲一起玩舞萌机时的画面。

路沉地百感交集地闭上了眼睛，强行中断了自己的思绪。

路沉地心里明白，正在轮船上的米小菲永远都不可能体会到他此时的心境，但这些并不重要，重要的是明天下午米小菲能逃过劫数。

离开游戏厅后,路沉地又去了友唱全民 K 歌的小亭子。他点了一首《私奔到月球》自己唱了起来。这首男女对唱歌曲是路沉地最喜欢的一首歌，他总觉得这首歌就像是为自己和米小菲量身定做的一样。在如今的特殊心境下再唱这首歌，路沉地更加深刻地感受到歌词里写的完全就是他自己的心声。

男：其实你是个心狠又手辣的小偷，我的心我的呼吸和名字都偷走。

202

女：你才是绑架我的凶手，机车后座的我吹着风，逃离了平庸。

男：这星球天天有五十亿人在错过，多幸运有你一起看星星在争宠。

女：这一刻不再问为什么，不再去猜测人和人心和心，有什么不同。

……

男女：一二三牵着手，四五六抬起头，七八九我们私奔到月球，让双脚去腾空，让我们去感受，那无忧的真空，那月色纯真的感动。

在内心深处，路沉地多么希望自己能和米小菲一起，像歌中唱的那样最后私奔到月球。只可惜，美妙的旋律结束之后，路沉地需要面对的依然是残酷的现实。

下午回到家之后，路沉地一直在厨房里忙碌着。他长这么大除煮过方便面外，只下过两次厨房，就是那两次为米小菲做皮蛋瘦肉粥。路沉地觉得，这个时候应该为父母亲自做一顿饭。路沉地通过上网搜索做饭的具体流程，勉为其难地炒了几个菜，色香味一样也没有，但他确实已经尽了自己最大的努力。

路沉地的妈妈下班后回到家里，她看到饭桌上摆着几盘惨不忍睹的菜后，不由自主地皱了皱眉。在确认了是路沉地的"杰作"后，路沉地妈妈脱口问道："你是不是因为偷存折的事儿，心里有愧？"

　　路沉地有一个以他自己的名字开立的存折，里面存着他从小到大收到的压岁钱，一直由他妈妈保管着。前不久，为了给米小菲买 iPhone XS 手机，路沉地偷偷将存折里的钱取出来一部分，这件事后来被路沉地的妈妈发现了。

　　路沉地没想到妈妈居然能将自己做饭的事和偷存折的事联系到一起，很是哭笑不得，却也无可奈何。更为无奈的事情是，妈妈告诉路沉地，路沉地的爸爸晚上有饭局，不回家吃晚饭了。这令路沉地颇感遗憾，他的第一反应就是天意，也十分感慨生活中确实存在着太多的不如意和不圆满。

　　晚上临睡前，路沉地半躺在床上翻看着相册。他和米小菲有许多张合影，以孩童时期的居多，当看到小时候的米小菲总喜欢用招牌式的噘嘴动作来照相时，路沉地情不自禁地笑了。他自己也不知道从什么时候开始，照片上的小女孩儿走进了他的心里。说不清楚自己为什么会那么喜欢从来不化妆，甚至有些不修边幅的米小菲。严格来说，米小菲算不上是美女，身材还有一点点微胖，可是这些在路沉地眼中都不算什么，无论米小菲是什么样子，路沉地都愿意和她在一起，而且希望能一辈子在一起。

　　路沉地也在相册里看到已经故去多年的奶奶。望着奶奶慈祥的面庞，路沉地在心里说道："奶奶，求您保佑米小菲能逃过明天的劫难，保佑米小菲一生的平安。我相信，您如果健在的话，也一定会支持我的决定。"

路沉地坚信，奶奶在天堂里一定能听到他的这些内心独白。夜里，路沉地梦到了奶奶，奶奶在梦里一句话也没说，只是用慈祥的目光望着他，一个劲儿地抚摸着路沉地的脸，就像路沉地小时候那样。

由于要赶飞机，路沉地第二天天没亮就起床了。路沉地的妈妈起得更早，已经为路沉地做好了早餐。

看到妈妈的那一刻，路沉地心里五味杂陈，他不敢和妈妈有过多的言语交流，只能带着十分沉重的心情低着头急匆匆地吃完了早饭。

临走时，路沉地面朝着门，背对着妈妈定住了。他想到自己将永远离开这个生活了将近十九年的家，不由得心头一热，眼泪夺眶而出。他还想再回过头来，看一眼妈妈，看一眼家里熟悉的一切。可是他不能这样做，只能装作若无其事地背对着妈妈挥了挥手，轻声说了一句："妈，我走了哈。"

路沉地十分悲壮地出了家门，顶着刺骨的寒风行进在满是积雪的马路上。颇有些"风萧萧兮易水寒，壮士一去兮不复还"的气势。

因为之前已经去过两次威海，此番再去，对于路沉地来说已是轻车熟路。

七点五十分，路沉地乘坐的飞机在大连周水子国际机场起飞。一个小时后，飞机准点在威海大水泊机场降落。又过了一个小时，路沉地像上次一样搭乘机场大巴在威高广场站下车。

　　威海刚刚经历过一场大雪，马路上到处都是积雪。路沉地的脚踩在雪上发出咯吱咯吱的声音，路沉地从小就喜欢听这种声音。几天前，大连也下过一场大雪，为了放松自己紧张的神经，路沉地还专门到外面踩雪听声。

　　路沉地走了不到十分钟就来到威海商业银行新威支行门前，环翠楼就静静地矗立在马路的斜对面不远的地方，特别醒目。

　　路沉地见时间还早，干脆直接拔腿朝马路对面走去。他很好奇环翠楼内部的构造，准备去一探究竟。

　　在环翠楼下面有一个不大的广场上，广场上立着一个清朝海军服饰的军官铜像。路沉地的历史学得还不错，知道威海在清末曾经是北洋水师的大本营。路沉地判断眼前这个铜像人物十有八九是在中日甲午海战中壮烈殉国的民族英雄邓世昌，铜像的底座上刻着的名字印证了路沉地的判断。

　　路沉地初见环翠楼是在蔡晓云和林晶文的那张合影上，她们合影的大体位置很快就被路沉地发现了，就在邓世昌铜像背后的台阶上。虽然台阶和后面的环翠楼要比照片上的新一些，像是后来翻修过，但整体的布局跟当年一模一样。

台阶走完了，环翠楼也近在眼前了。路沉地用身份证换了一张门票，又在门口穿好了鞋套后，正式走进环翠楼。路沉地在环翠楼里的终极目标也是唯一目标是三层，根据电梯外面的楼层图上显示，三层是展厅，这一点和老路当时说得完全一致。

路沉地乘电梯径直来到三层，走出电梯间，转了个弯就来到展厅内。展厅呈正方形结构，四周挂了许多幅画，正在举行水墨画展。上面的四层展厅是一个天井式的环廊，和三层展厅上下互通。

路沉地在展厅里转悠了大半圈之后，终于在一个角落里看到了老路说的那幅水墨画。

画里的近景是一个海草房，远景是四条渔船行驶在海上。紧接着，路沉地又迅速来到四层环廊展厅，在刚刚看到的那幅水墨画正上方的位置上驻足。

路沉地望着环廊展厅的护栏出神儿，眉头渐渐拧成了一个疙瘩。护栏比较低矮，路沉地身高一米七一，护栏的高度几乎和路沉地腰间平行。

此时，路沉地默默地在脑海里自动设想着一些情景。环廊展厅本身空间有限，如果发生拥挤或者倚靠着护栏照相都是有可能发生坠落危险的。路沉地最后断定，那个该死的胖子恐怕就是这么掉下去的。

在环翠楼里看到的一切让路沉地触目惊心，他一刻也不愿意在里面停留了，最终逃似的离开了。

中午的时候，路沉地随便吃了点东西就来到新威支行的大堂里。路沉地随便找了个座位坐下后，就打开笔记本电脑写起了小说……

第十五章　轮　回

小说最后的结局是：二〇一八年十二月十三日下午两点四十二分，在环翠楼三层展厅里路沉地替米小菲死去。

全部读完了，我已是涕泗滂沱。回头想想，当时路沉地在环翠楼三层展厅朝站在四层环廊的我轻轻挥手，就是在和我告别，并且是今生的永别。

小说最后一部分里的每一个字在让我锥心刺骨的同时，又追悔莫及。

在小说的结尾处，路沉地是这样写的：留恋杨花绽放的春，走过枫叶飘落的秋，迎着漫天飞雪奔波在岁月的荒野。回首逝去的年华，我不禁感慨万千。如果真的有来生，我希望上苍能成全我和米小菲相守一生。

这何尝不是我的心声呢！如果真的有来生，如果上苍真的愿意成全我和路沉地，我情愿立即死去。

几天后，学校就放寒假了，我回到了大连。现如今，妈妈不在了，路沉地也不在了，我一个人待在空空荡荡的家里，觉得整个心都空了。

二〇一九年二月四日是大年三十，也是第一个需要我一个人面对的除夕之夜。晚上还不到六点，我早早地关了灯钻进被窝里，想用睡觉来快点度过这个特殊的夜晚。

可是，外面不时响起的鞭炮声吵得我始终无法入眠。最后，我心烦意乱地坐了起来。窗外的夜空中不停地闪烁着各种各样的烟花，不同颜色的亮光将原本漆黑一片的屋子掩映得五彩斑斓。

我的思绪随着颜色的变化，渐渐飞驰了起来，脑海里突然闪过一抹灵光。我可以借助那幅画的特殊功能见到二十年前的自己，并且告之一切，这样我就有机会像路沉地一样创造奇迹，让路沉地躲过那场劫难了。

我为自己的这个发现雀跃不已，一下子从床上跳了下来，忘情地欢呼着，然后将自己的这个新发现通过微信告诉吕茗茗。

吕茗茗很快就回复我了。

"恐怕没那么容易吧，别忘了你现在还不到二十岁呢？而且事情真如你想得那么简单吗？"

吕茗茗的话彻底让我冷静下来。我刚才高兴过了头，忘了自己的年龄还不到二十岁，不能可见到二十年前的自己。而且吕茗茗说得没错，事情可能没那么简单，即便我通过那幅画改变了历史，也很可能会像路沉地当时面对的局面一样，我们两个人当中只能有一个人活着。如若真是如此，我希望路沉地活着，这对于我来说并不是难以抉择的事情。

我进而想到了路沉地还很年轻的父母，想必他们俩这个年也过得十分痛苦吧。他们俩一直对我非常好，我今生都将无颜面对他们俩了。

放假回来后，我只去过路沉地家一次，和他父母打了个招呼。路沉地的父母尽管还沉浸在失去独子的悲痛之中，但他们并没有因此而迁怒于我。对我仍然像过去那样热情，这让我更加无地自容。我平时尽量避免和路沉地的父母打照面，尤其是路沉地的妈妈，我无法面对她那张憔悴得毫无血色的脸。

第二天一早，我去给路沉地的父母拜年，顺便向路沉地的妈妈要回了林晶文家祖传的那幅画。

半个月之后的二月十九日是正月十五。晚上十一点整的时候，我屏住呼吸，眼睛都舍不得眨一下，像路沉地在小说中描述的那样，将那幅画的举到面前。

我想通过那个镂空见一下二十年后的自己，问问她我是否成功挽回了路沉地的生命。上次在威海我通过画中的镂空没能见到二十年后的自己，是因为我会在二〇一八年十二月十三日这一天意外身亡。现在，路沉地已经改变了历史。按理说，如今的我是可以看到二十年后的自己的。

然而，令我备感意外的是，我仍然什么都没能看到。对此，我百思不得其解，脑子里自动冒出各种猜想来。我先是怀疑，路沉地在小说里关于那幅画具有特殊功能的描写都是虚构的，但我随即就推翻自己的怀疑，因为有太多的细节可以证实一切都不是巧合。

我接着又猜想，那幅画会不会只针对男性使用者有效？

最后，我得到了一个自认为合乎逻辑的猜测，那就是自己在二十年后已经不在人世，所以才无法看到二十年后的自己。这段日子，我对的那幅画的各种特性已经研究得比较透彻了，深知与二○一九年二月十九日对应的二十年后并不是二○三九年二月十九日，因为正确计算时间的方法应该是农历。二○三九月的正月十五在二月七日，也就是说我会在二○三九年二月七日之前死亡。

这个猜测会是真的吗？如果是真的，是不是证明最后我拯救路沉地的生命成功了呢？没人能告诉我答案，我只能靠自己来寻找答案。

我觉得有一个人可以帮助我，她就是吕茗茗，我想让吕茗茗也拿着那幅画做一次试验。本以为她会很爽快地一口答应下来，没想到在了解到我的意图之后，吕茗茗在电话里沉默良久，最终婉言拒绝了我。她说："对不起，米菲。

我没有勇气帮你做这个试验，我不想做任何可能探寻到自己生命终点的事情。"

挂掉电话后，对于自己的粗心我不停地自责着。我太自私了，光顾着自己，忽略了吕茗茗是一个患有家族遗传性肝病的人。

谁知，二〇一九年十一月底，吕茗茗却主动找到我，要求用那幅画做一次试验。因为吕茗茗的男友向她求婚了，吕茗茗思量再三，决定借助那幅画的超能力明确一个信息：二十年后她是否还活在世上？如果还在世的话，她就答应男友的求婚。

我不由得感慨，这个世界上的爱情总是要承受太多的外力干扰，往往左右最终结局的因素恰恰是和爱情无关的。妈妈和吕念祖就是这样，林晶文和周胜也是如此，如今吕茗茗也要面对同样的局面。

不过，吕茗茗是幸运的，她最终得到了她最希望的结果。但是，这中间有一个小小的意外，吕茗茗在用那幅画做试验时，由于过于紧张，将画的左下角不小心撕碎了一小块。我当时没有太在意这个小细节，因为吕茗茗还透露给我一个惊人的消息：二〇二〇年至二〇二二年将有一场比二〇〇三年的"非典"更为严重的疫情在全球范围内大暴发。

二〇二〇年元旦的时候，吕茗茗和男友举行了盛大的婚礼。吕茗茗的试验结果也间接证实了我会在二〇三九年二月七日之前死亡这个现实。在经历了那么多的变故之后，如今的我并不害怕死亡。所以，当吕茗茗吞吞吐吐地告诉我试验结果时，我没有感到一丝难过，反倒是出奇地平静。我只盼望着自己能死得其所，换回路沉地的生命。

除要改变历史之外，我还有一件非常重要的事情要完成，那就是续写小说《私奔到月球》。小说原来的结局我实在无法接受，我必须换一个结局。我会依照现实情况的进展慢慢写完这部小说，小说最终的结局会是什么，我自己也不确定，只希望通过自己的努力，得到最想要的结果。

可这一切都需要等待，一想到还要等待那么多年，我就抓狂。可是，除抓狂之外，我还能做什么呢？

二十岁生日过后，我已经可以使用那幅画见到二十年前的自己了。如果说二十年后的路沉地是老路，那么二十年前的我就是小米。虽然我知道现在即便是见到了小米，也没有任何意义，必须耐心地等待小米慢慢长大成长。但是，每个月农历初一的晚上，我还是会按捺不住心中急切的心情，和小米见上一面。

每次我都不说话，只是静静地凝视小米三分钟。我见证了小米，不，准确地说是见证了我自己从襁褓阶段过渡到孩提阶段的整个过程。终于在小米两岁的时候，我第一次开口和小米说话。

我告诉小米二〇一八年十二月十三日那天一定不要去威海，路沉地也不能去。我甚至还贪心地让小米告诉妈妈，二〇一八年十月十三日那天千万别出门。

我明明知道小米听不懂我在说什么，但还是迫不及待地把这些压抑在心中许久的话一股脑儿地说了出来。

我满心以为小米迟早有一天会听懂我述说的一切，可是我想错了。

二〇二二年七月大学正式毕业后，我回到了大连工作，成了一名银行职员。在回大连后第一次使用那幅画的那天晚上，我有了一个重大的发现。和小米见面时，我说的话小米似乎听不到，小米那边好像也是静音状态。以前每次和小米见面，我就觉得哪里不对劲儿，这次终于被我发现了。

三分钟很快就过去了，小米在我面前消失了。只剩下一脸茫然的我，回想刚才的场景，我渐渐有了一种似曾相识的感觉。

我恍然想起自己小时候一直做的那个怪梦，原来我在梦里见到的那个女人就是未来的我自己，我也终于知道那个女人在梦里要对我说什么了。

原先我心里一直有一个疑问，每次小米出现在我面前

215

时，我又是通过什么媒介出现在小米面前的呢？

现在我终于明白了，这个媒介就是小米的梦。

我搞不清楚为什么我和小米听不到彼此的声音？如果一直这样的话，我将无法改变历史。

此时此刻，小时候的一些经历越发清晰地呈现在我的脑海里。我猛然回忆起，小时候的我后来在梦里一直用闭眼数羊的方式对付那个女人。

我悔不当初，懊恼地用双手捶打着自己的脑袋，终于意识到自己陷入一个可怕的轮回里。

要想改变这一切，唯有查出问题到底出在了哪里？可我却毫无头绪，我的目光无意中落在了那幅画的左下角上。上面吕茗茗不小心撕破的那一小块只是简单地用透明胶粘合起来，难道问题出这里吗？

思前想后，我忽然觉得这种可能性非常大。

为此，我专门请了专业人士修复那幅画，那幅画最终也被修复得和原来几乎一模一样。但是，当我再次见到小米时，还是没有任何声音。

我彻底绝望了，也终于意识到自己无法改变历史已经是一个不可逆转的现实。

我恨路沉地，正如泰戈尔在《爱者之贻》中写到的那样：当你死的时候，你对于我之外的一切算是死了，你算是从世界的万物里消失不见了，但却完全的重生在我的忧愁里。

我恨路沉地，他用死亡彰显他自己的伟大，我却要苟活于世这么多年，最后用徒劳无功来凸显我自己的无能。

这些年来，我无数次在梦境里和路沉地相见。他奔跑在旷野中，我追逐在他身后，却总也追不上他。

这些年来，每次听到敲门声，我都会莫名地幻想推门进来的人是路沉地。他还像从前那样对我说："嗨，米菲小姐，在想什么呢？"

这些年来，每次下大雪，我都会到雪地里踩雪，故意让自己脚下的咯吱声响彻云霄。

这些年来，我一直在使用那部金色的 iPhone XS 手机，即使它卡顿得只剩下接打电话和听音乐的功能。

这些年来，我无时无刻不在思念着路沉地，每一次以泪洗面之后都会产生一种错觉，我回到了过去，可以按照自己的意志将一切都推倒重来。

这些年来，在续写《私奔到月球》时，我基本保留了路沉地的原意，只对小说做了一个改动，那就是把女主的名字改成了米菲。

现如今，一切都已尘埃落定。不存在任何的未知数和不确定因素，已经不需要再接受时间的验证了，我所有的努力都注定要成为一场空，我所期盼的奇迹终究是一个遥不可及的梦。

我蓦然发现其实我早就看过自己的人生剧本，只是当时没在意罢了。虽然我的生命还没有走到尽头，但是，未来将要发生的一切我都能准确地预见到。

　　《私奔到月球》这部小说的结尾，我已经知道该怎么写了。

第十六章　月　球

二〇三二年一月十三日晚上十一点，米菲在家里借助那幅画的超能力，见到了二〇一一年十二月二十五日的小米。

又是一个徒劳无功的三分钟，米菲神情落寞地望着眼前里的小米消失。

这将是米菲最后一次使用那幅画，因为米菲已经找到了和路沉地相见的方式。米菲恨自己的悟性太差，其实《私奔到月球》这首歌的歌词，早就暗示了她和路沉地的最终结局是在月球上相聚。

那幅画被米菲整齐地并摆放在桌子上。在画的右边放着一部老旧的 iPhone XS 手机和一杯淡黄色的液体，那是一种喝下去后，可以让人永远不再醒来的液体。

米菲拿起杯子，缓缓地喝下了整杯的淡黄色液体，然后慢慢躺到床上。

米菲很快就安详地睡着了，她到月球上去和路沉地团聚了。屋子里安静得只能听到从那部 iPhone XS 手机里传出来的歌声：

　　男：其实你是个心狠又手辣的小偷，我的心我的呼吸和名字都偷走。

　　女：你才是绑架我的凶手，机车后座的我吹着风，逃离了平庸。

　　男：这星球天天有五十亿人在错过，多幸运有你一起看星星在争宠。

　　女：这一刻不再问为什么，不再去猜测人和人心和心，有什么不同。

　　……

　　男女：一二三牵着手，四五六抬起头，七八九我们私奔到月球，让双脚去腾空，让我们去感受，那无忧的真空，那月色纯真的感动。

第十七章　人　生

　　《私奔到月球》全部创作完成后，我拜托吕茗茗帮忙联系到了一家出版社。二○二四年三月，《私奔到月球》正式出版了，书的责任编辑刘心老师本想在作者署名的位置上加上我的名字，但我坚决不同意，执意要求只署路沉地一个人的名字。

　　刘心老师最后同意了我的要求，但她还是在书的封面上用另外一种形式为我署上了名字，在"路沉地著"的下面加上了"米菲整理"四个字。

　　《私奔到月球》上市后销售非常火爆，不到一个月时间首印的五万册就全部售罄。出版社赶紧组织加印，还趁热打铁在北京、上海、天津、沈阳、济南、杭州等地举办了多场签售会。而我有幸代表路沉地出席签售会，近距离地感受到了广大的读者们对《私奔到月球》的认可和喜爱，心里备感欣慰。

二〇二四年五月十八日星期六下午两点,"《私奔到月球》新书分享会暨签售会"在大连新华书店图书大厦三楼多功能舞台举行。我和路沉地都是土生土长的大连人,《私奔到月球》里的许多故事情节也都发生在大连,所以我对这场在家乡举行的签售会格外重视,事先精心化了妆、做了头发,还专门买了一套新衣服。

然而,当我盛装步入签售会现场时,被眼前的一幕惊呆了。我只看到四位读者手拿着书等候在冷清的签售台下,我顿时有种一盆凉水从头浇到脚的感觉。

这和自己的心理预期相差甚远,事先我无论如何也想不到会出现这种窘迫的场面。我失望至极,也十分费解,为何在其他城市举行的签售会都是人山人海,在自己家乡举行的签售会反倒冷冷清清?

按照流程,签售正式开始前是新书分享会。主要由我代表路沉地接受读者提问,和读者交流创作感想。之前的几场签售会,由于提问的读者太多,经常出现超时的情况。

眼下,即便是那四位读者每个人都有问题要问,也肯定用不上十分钟就可以直接进入签售环节了。

签售会正式开始后,尽管我情绪低落到了极点,但还是强打起精神简单介绍了一下《私奔到月球》的创作过程。轮到读者提问时,那四位读者中只有一个看起来十八九岁的小姑娘举手示意有问题要问。

那个小姑娘接过话筒后问道："米菲姐姐你好，我是一名大一新生，和路沉地学长一样，我也是辽宁师范大学中文专业的。《私奔到月球》这本书阅读起来代入感很强，你的名字和小说女主人公的名字一样，作者的名字和小说男主人公的名字也一样，再结合作者路沉地在现实中确实已经去世的情况，仿佛书里所有的情节都是真实的，我很好奇书里写的事都是真的吗？"

类似的问题，在之前的签售会上我遇到过很多次。按我的本意是据实相告，但是刘心老师事先交代过，为避免不必要的麻烦，不宜实话实说，最好选择开放式的回答方式。故而我只能对那个小姑娘说："你认为是真的它就是真的，你认为是假的它就是假的。"

那个小姑娘歪着头思考了片刻后又问道："假如，我说的是假如哈，假如书里的事都是真实的，那小说里女主人公米菲自杀的结局也是米菲姐姐你本人的人生选择吗？"

这个问题虽然很尖锐，但小姑娘以"假如"为前提条件，让我回答起来并不为难。

我几乎是不假思索地回答道："是的。"

"为什么呢？"小姑娘追问。

"因为我……不，因为小说里的女人公米菲无法改变命运的安排。"我回答。

小姑娘反驳道："我不这样认为，人生不应该是这个样子的，每个人的命运都是可以通过积极争取来改变的。我不否认《私奔到月球》这部小说有许多令人称道的地方，但它也存在着一个非常严重的问题，基调太过灰暗，通篇充斥着绝望的情绪，所表现出来的思想倾向过于消极了。尤其是后半部分，无论是女主人公米菲还是男主人公路沉地，言语和行动上无不透露出对于宿命的悲观无奈。女主人公米菲到后来完全是有意迎合她自己认为的人生剧本。其实，她想要改变人生轨迹很容易。比方说，她说她在十二岁第一次来月经之前经常会在怪梦里见到二十年后的自己，那是因为二十年后的米菲借助了那幅古画的超能力，那只要二十年后的米菲不再使用那幅画了，是不是二十年前的米菲就不会再做那个怪梦了？这些都是可控的，主动权就在她自己的手里，这难道不是改变人生轨迹吗？"

小姑娘的话有点绕，不过细细琢磨一下很容易理解，道理其实是很浅显的。我忽然觉得小姑娘的这番话很值得回味，对呀，只要我现在不主动用那幅画去见小米，小米也就自然不会再做怪梦了，这完全是我有能力做到的事情。这么简单的问题，我之前怎么就没想到呢？我遽然间有了一种豁然开朗的感觉。

小姑娘说得一点没错，人生不应该是这个样子的，每个人的命运都是可以通过积极争取来改变的。

人生不仅会有很多意外，也会有很多惊喜。就像眼下这样，一场冷冷清清且只有一个读者提问的签售会，却让我对人生的理解有了新的顿悟。不管遇到什么挫折都不能放弃希望，有些看似无解的难题其实只要换一个角度、换一种思路来思考就都能找到解决的办法。

通过林晶文家祖传的那幅古画可以感知到，平行时空理论是真实的。这个世界上其实有无数个米菲和路沉地生活在不同的时空之中。虽然我所在的时空里路沉地已经去世了，这是我无法改变的现实，但是我完全有能力让其他时空里的米菲和路沉地在一起过上幸福的生活，因为我拥有那幅具有超能力的古画。而我本人，即便是孤老终生，哪怕真的会在二〇三九年二月七日之前死亡，也应该用积极的心态活在世上。

想到这一点，我激动得热泪盈眶，忍不住起身走到台下，在众目睽睽之下，紧紧地且长时间地拥抱着那个小姑娘。我打心底里感激她，人生有时候就是那么难以预料，守候在你命运转折点上的人往往和你并不相干，你和他（她）之间此生的交集或许只在那一个点上，却能让你受益终生。

签售会结束后，我坐上了一辆707路公交车回家。车上的空座位很多，我选了一个靠近车窗的座位坐好后，继续着先前的思路。

我发现思路打开了之后，许多问题都不再是问题了。小米用闭眼数羊的方式抗拒我没关系，我可以找别人使用那幅画；没有声音也没关系，完全可以把要说的话提前写到纸上。

一整套计划慢慢在我脑海里成形，二〇二四年对应的二十年前是二〇〇四年，我可以让路沉地的妈妈通过那幅画见到二〇〇四年的她自己，用文字交流的方式告知一切。

提前写在纸上的话很关键，不但要简单明了，还必须切中要害才能解决实际问题。我在心里默默地打了一个腹稿：米菲考上东方大学后必须一个人去北京报到。

这句话足以解决所有问题。但是，想让二〇〇四年的路沉地妈妈和我妈妈相信这句话，还得再写几句具有说服力的内容。具体写什么内容，是需要费一些思量的，我用手机上网搜索二〇〇四年下半年发生的，在国内外都具有重大影响力的事件。逐一阅读后选定了两个能为我所用的信息，再结合我妈妈的独特经历，完整版的腹稿就出炉了：

1. 米菲考上东方大学后必须一个人去北京报到。

2. 米菲妈妈真正的名字是米露萍。

3. 二〇〇四年八月二十八日，刘翔会在雅典奥运会上夺冠。

4. 二〇〇四年十二月二十六日，印度洋将会发生地震和海啸。

这四句话的说服力已经非常强了，完全可以让二〇〇四年的路沉地妈妈和我妈妈信服，但我还是觉得好像少了点什么。

思忖了片刻后，我又在腹稿上补充了一句话：

5. 米菲一定要好好珍惜路沉地。

腹稿完成后，我心里很是得意。对自己的这套方案充满了信心，觉得一定能成功。况且即使这套方案不行，我还有许多办法可行。例如：二〇二四年不行，就等到二〇二五年时再去找二〇〇五年的路沉地妈妈，二〇二五年不行就二〇二六年，二〇二六年不行就二〇二七年……退一万步讲，在路沉地的妈妈那里行不通，我还可以找别人帮忙。总之，可供我选择的余地很大，情况远远不像以前那么悲观。

在锦云南园站下车后，我不由自主地驻足深吸了一口气。心结打开了，似乎连呼吸都变得顺畅起来，我很享受这种感觉。只停留了片刻，我就疾步往家赶，我要马上见到路沉地的妈妈。

不出我所料，路沉地的妈妈和我一拍即合，并且马上付诸了实际行动。这一次，我们成功了。

虽然路沉地的妈妈和二十年前的她自己每次见面只有三分钟时间，虽然双方只能通过文字的形式交流，但是通过不懈的努力，终于让二〇〇四年的路沉地妈妈和我妈妈

227

深刻地认识到在二〇一八年，两个家庭将会遇到一场劫难。

二〇二五年的除夕之夜，我是和路沉地的父母一起度过的，已经连续好几年都是如此了。只不过，我们三个人不会像往年那样带着难过和悲伤的心情迎接新的一年了。因为我们知道，在另外一个时空的除夕之夜，我们两家人一个也不缺，正兴高采烈地围坐在一起等待着新年钟声的敲响。

第十八章　意　外

　　我和路沉地的妈妈大功告成之后，路沉地的妈妈时不时地还会用那幅画和二十年前的自己见上一面，用文字的形式相互交流一下。我再未借助那幅画的力量去见小米，我觉得自己此生已经功德圆满，可以尽情享受余生了。

　　可是，人生有时候就是由无数个意外组成的，而且这些意外往往会不期而至。

　　二○三四年七月的一天夜里，我在梦里见到了二○一四年的小米。小米在梦里告诉我，她正通过那幅画和我见面，她已经知道在二○一八年会有一场危机，也知道该如何解决那场危机。

　　梦很短却很清晰，以至于我第二天早上醒来后依然可以清楚地记得梦里的所有细节。我呆坐在床上回味良久，最后将心里面的所有疑问都想明白了。路沉地的妈妈曾经通过文字的形式向二十年前的自己介绍过那幅画的特殊功

229

能和使用方法，最重要的是在二〇一四年的时候，那幅画还是完好无损的。而二〇一四年的我妈妈一定是去了威海，从那个保险箱里取出了那幅画。小米真是聪明，想到了借助那幅画的超能力和我见面。我特别欣慰，确信自己真的通过努力改变了小米的命运，也可以说是改变了我自己的命运。

从那以后，小米每隔两个月就会在梦里和我见上一面。起初，我还很高兴，但是慢慢地我就高兴不起来了。我发现小米总是会向我询问一些对她来说是将来时的事情。她似乎寻找到了一种捷径，并且在有意识地改变历史，让所有事情都朝着她最希望的方向发展。我不知道自己每次都如实相告是在帮助她还是害了她，为此我困惑了很长时间，最终经过一番纠结之后，我终于知道自己该怎么做了。

二〇三五年九月的一天夜里，我又一次梦见了小米。在梦里，我不等小米先开口，抢先说道："这将是我们最后一次见面，以后不要再来找我了，我也不会再见你了。"

小米瞪大双眼一脸懵懂地问道："为什么？"

我板着脸坦言道："如果一个人未来的一切都是可以提前预知到的，那么人生即使十全十美又有什么意义呢？我虽然希望你的人生能够圆满，但是我不希望你因为那幅画的存在而失去对生活的动力。一个人只要努力过，无论成败都是有价值的，有时候有缺憾也是一种完美。”

小米噘着嘴从鼻子里哼了一声：“哼，我不管，我就是要见你，反正我手里有那幅画，见不见你主动权在我这里。”

我淡淡一笑：“呵呵，傻孩子，我也有主动权的，只要农历每个月的十五晚上我不睡觉，你就算使用那幅画也是见不到我的。别在这方面浪费时间了，好好把握你该把握的机会，好好珍惜你该珍惜的人吧。”

我虽然是微笑着讲完这番话的，但语气却是十分郑重的。小米终于意识到我是认真的，脸上的神情也严肃了起来。

小米顿了顿，轻叹了一声缓缓说道：“好吧，我尊重你的决定，以后不会再和你见面了。不过，有件事我要解释一下，之前我确实问过你一些和未来有关的事情，但我并不完全是为了我自己。我从来都没说过我为什么每隔两个月见你一次，而不是每个月都见你。现在我告诉你，那是因为我和路沉地轮流使用古画，路沉地也是每隔两个月见一次二十年后的自己。我们这么做并不是想坐享其成，而是我们一直在尝试着寻找一种可以让你和另一个时空里的路沉地团聚的方法。虽然我们现在还未成功，但我们坚信一定有办法的，你记不记得美国电影《彗星来的那一夜》……”

小米的话没全说完梦就结束了，我像初潮来临的那天晚上一样直接从梦中醒来。我有点恍惚，缓了片刻，才确认自己的确已经置身于现实之中。

　　我已经没有了一丁点的睡意，在黑暗中从床上坐了起来，伸出一只手摸索着摁开了床头柜上的台灯。屋子里顿时亮了起来，台灯旁边的小闹钟上显示的时间是十一点零六分。

　　我又随手拉开了身旁的窗帘，漫不经心地把目光投向窗外，我并不是要故意再现初潮来临那天夜里的情境，已经三十六岁的我又怎么可能和十二岁时的我一样呢？

　　原来我错怪小米了，她在另一个时空里也在努力试图改变我的命运。小米最后提到的那个美国电影《彗星来的那一夜》，我印象中在很多年前曾经看过。具体的剧情已经记不清了，只依稀记得电影讲的好像是，因为一颗彗星接近地球让不同的时空重叠在一起，从而使原本生活在不同时空的人意外相遇的故事。

　　小米看来是希望我能和另一个时空里的路沉地相遇，这看起来完全是不可能发生的事情。我不想小米为此做太多无用功，浪费有限的时间，心里产生了想要劝阻她的冲动。但是很快我就发现自己非常可笑，我常常对自己说："无论什么时候都不能放弃希望。"现在却要小米放弃改变命运的尝试，这不是自相矛盾吗？

同时，通过小米刚才的一番话，我注意到一个细节。小米说二〇一五年时的路沉地也在使用那幅画，并且见到了二〇三五年时的路沉地。这意味着什么呢？仅仅是再一次证明平行时空是真实存在的吗？我脑海里莫名地幻想出一个场景来：在未来的某一天，我和另一个时空里的路沉地意外相遇。

　　夜空中，一颗星星闪烁了一下光芒后就不见了踪影，我和小米的缘分也就此结束在这个圆月当空的夜晚。

　　从那以后，小米再没有来找过我，我也没主动去见过小米，我们在各自的时空里过着自己的生活。

尾声：惊 喜

　　也许是受到了我的影响，路沉地的妈妈渐渐地也不怎么使用那幅画了，她只是在一些关键的时间节点，用那幅画见一下二十年前的自己。

　　二〇三八年年底，当她得知二〇一八年十二月十三日的那场危机已经彻底解除后便不再使用那幅画了。我仿照林晶文当年的做法，将那幅画寄存在银行的保险箱里。

　　二〇三九年一月二十三日是大年三十，我照例和路沉地的父母一起过除夕之夜。可能是由于二〇一八年十二月十三日的危机已经解除的缘故，我们三个人都格外高兴，特别是路沉地的妈妈，甚至破天荒地头一次喝了酒。在新年钟声即将敲响的时候，路沉地的妈妈突然不省人事，我和路沉地的爸爸赶紧将她送到医院。

　　医生很快就确诊路沉地的妈妈是因为酒精过敏导致的休克，好在抢救及时并没有生命危险。路沉地的妈妈在医院里住了半个多月才出院。虚惊了一场之后，我的生活又恢复了往日的平静。

二〇三九年二月九日是一个星期三，我像平时一样，来到单位后先换好工装，然后简单打扫一下办公室里的卫生，最后才坐到自己的位置上。我看到办公桌上的台历还停留在一月份那一页，便随手将台历翻到二月那一页上。

就在这个过程中，我猛然回忆起一件事。我不是应该在二〇三九年二月七日之前死亡吗？这些年来，我早已淡忘了这件事，竟然稀里糊涂地让时间来到了二〇三九年的二月九日。

是什么力量让自己逃过了死期的呢？是小米在另一个时空的努力吗？我迅速否定了这个猜测，因为我并没有告诉过小米我的死期是哪一天。我又觉得或许是自己的人生态度感动了上苍。但是，我旋即又否定了这个猜测，因为我通过推理得到了问题的准确答案。

二〇一九年二月十九日那天晚上我借助那幅画的力量没能见到二〇三九年二月七日的我自己，我正是基于这一点才推测自己将于二〇三九年二月七日之前死亡。可是现实情况却是，二〇三九年二月七日那天晚上我在医院陪护路沉地的妈妈，忙碌到将近午夜十二点时才趴在床边睡下。那天晚上十一点时我并没有处于睡眠状态，根本没机会做梦，自然不可能见到二〇一九年二月十九日的我自己。

235

面对这个结果，我有些哭笑不得。以前我知道只要在农历的初一晚上不睡觉就可以拒绝和小米见面，但却从来没把这个情况和自己所谓的死期联系在一起。

不过，这些都无所谓了。经历了那么多的变故，我早已看淡了生死。我也不会再借助那幅画去探寻自己生命的终点究竟在哪个时间节点了。我要继续按照这些年来的活法，让一切都顺其自然，无忧无虑地走完一生。

其实有时候，人生的魅力恰恰就在于它的不确定性，可惜很多人却不明白这个道理。

上初中和高中的时候，每逢寒暑假我都会和路沉地一起到大连市图书馆自习。大学毕业回到大连后，我几乎每个星期天都会到大连市图书馆看书，常常一整天都泡在图书馆里。

随着岁月的慢慢推移，城市发展日新月异，许多承载着我和路沉地共同记忆的地方已经不复存在。锦绣小区的老房子拆迁了，一起拆迁的还有我和路沉地共同的母校锦绣小学、五十中学，恒隆广场也变成了体育场，只有大连市图书馆一直保持着原来的样貌。遗憾的是，二〇三九年六月一日，大连市图书馆新馆正式投入使用后，老馆将不再对外开放，并且马上会被拆除。

二〇三九年五月三十一日星期二是老馆最后一个开放日。我专门向单位请了一天假，准备一整天都待在老馆里，以此来缅怀过去的那些美好回忆。

我还是像往常那样坐在二楼自习区最后一排靠近窗户的那个座位上。整整一个上午过去了，自习区里自始至终都只有我一位读者。

望着自习区里空空荡荡的桌椅，我心里有一丝淡淡的惆怅。自习区里人满为患的场景再也不会出现了，正如路沉地永远不会再出现在我的生命里一样。

但是，幸好我还有回忆。它们不会被风吹走，不会被雨浸湿，更不会因为我的死亡而消亡。它们永远寄托在我的灵魂里，只要我想起它们随时都可以回到过去。于是，我看到了当年那个图书馆一开门，就跑到二楼自习区抢占最后一排靠窗座位的路沉地；看到了因为做不出来几何题被我不时训斥的路沉地；看到了初三那年一直遭我冷遇，却依然死皮赖脸地凑到我身旁的路沉地；看到了总喜欢在我认真思考问题时凝视我侧脸的路沉地。

尽管那些美好的回忆总能让我徜徉在幸福的海洋里，但是我已经是一个快要四十周岁的中年人了。岁月的磨砺早已让我深刻地懂得一个道理：生活是向前的，人不可以永远活在过去。

我起身离开座位去卫生间用凉水洗了一把脸，我要让自己冷静下来，以免陷入对往昔岁月的追忆而无法自拔。

当我重新回到座位时，意外发现在桌子上放着林晶文家祖传的那幅画。可是，这怎么可能呢？那幅画明明被我寄存在保险箱里的。

我感到一头雾水，就在我百思不得其解的时候，身旁忽然响起了一个久违了的声音："嗨，米菲小姐，在想什么呢？"

（完）

图书在版编目（CIP）数据

米菲的情感剧本 / 辛酉著. -- 北京 ： 中国文史出版社，2022.10

（实力榜·中国当代作家长篇小说文库）

ISBN 978-7-5205-3696-7

Ⅰ.①米… Ⅱ.①辛… Ⅲ.①长篇小说－中国－当代 Ⅳ.①I247.5

中国版本图书馆 CIP 数据核字（2022）第 168670 号

责任编辑：全秋生

出版发行：中国文史出版社

地　　址：北京市海淀区西八里庄路 69 号　　　邮编：100142

电　　话：010－81136602　　81136603　　81136606 （发行部）

传　　真：010－81136655

印　　装：廊坊市海涛印刷有限公司

经　　销：全国新华书店

开　　本：787 毫米×1092 毫米　　1/32

印　　张：7.625　　字数：240 千字

版　　次：2023 年 1 月北京第 1 版

印　　次：2023 年 1 月第 1 次印刷

定　　价：58.00 元